極楽カンパニー

1

平日昼下がりの市立図書館には、三つのタイプの人間が集まる。

情操教育には手を抜かぬとばかりに、めぼしい絵本を物色する幼児連れの主婦。外回りの営業に疲れ果て、束の間の休息にひたる若いサラリーマン。そして、長年勤め上げた会社を卒業したはいいが、行きどころのなくなった還暦すぎの男たち。

ときにぐずる幼児の声と、熱心にページを繰る音と、たまに書棚を点検してまわる司書の足音ぐらいしかきこえない館内には、未来にかける親心と現実に追われる倦怠《けんたい》と終局をむかえた諦観《ていかん》とが、奇妙な調和を保って同居している。

須河内賢三《すごうちけんぞう》は、その三番目のタイプの男として、書棚の奥の窓際に設けられた閲覧コーナーに座っていた。

几帳面《きちょうめん》に七三分けした白髪。面長の顔に黒縁の眼鏡。駱駝色《らくだいろ》のカーディガン姿の手元には経済雑誌の最新号がひろげられ、今後の金融情勢を予測する特集記事が、窓ガラス越しの早春の陽射しを浴びている。

暗い予測にまみれたそのページに、須河内はもうかれこれ二十分ほど目を落としたままでいる。それほど深刻に特集記事にのめりこんでいるのかといえば、べつにそういうわけでもない。最初のうちこそ、きちんと活字を追っていたはずなのに、いつのまにか、ぼんやりと夢想を追いはじめている。ふと気づいて、活字に意識を集中させようとするのだが、三行も進まないうちにまた上の空になっている。

「暇なもんですなあ」

館内を意識して低く抑えた声がした。

顔を上げると、ひとつ向こうの閲覧デスクにつるっ禿《ぱ》げの男がいた。ちょっと太めの体に、緩みきった焦げ茶色のセーター。きょうはめずらしく入館者が少なく、閲覧コーナーにいるのは須河内ひとりだったはずなのに、いつのまにやってきたのだろう。

須河内が返答に窮していると、男はかまわず続けた。

「図書館通いもこう連日だと、いいかげん、うんざりしてきますよ。とくにやるべき仕事があるわけじゃなし、旅行は飽きたしゴルフも飽きた。酒も弱くなったしナニも弱くなった。趣味もなければ特技もない。毎日読書と散歩と日記つけ。いやもう退屈で退屈で、これが待ちこがれた悠々自適の第二の人生なるものかと思うと、まったく、たまらなくなりますよ」

須河内とおなじく三番目のタイプらしいが、やけに正直な男だった。

これからはのんびりと、ハッピーリタイヤメントを謳歌《おうか》するつもりですよ。つい三年ほど前、誇らしげに周囲に宣言してしまった手前もあって、須河内にはとてもそんな本音は口にできない。

「その点、女は楽しそうですなあ。われわれと違って遊び方を知っとりますからねえ。陶芸だ食べ歩きだ句会だガーデニングだボランティアだ海外旅行だと、まあ元気に飛び回っとるみたいじゃないですか」

これには須河内も苦笑して、思わず口をひらいていた。

「いやじつはわたしの妻も、ちょうど、きのうからネパールを旅しているところなんですよ。イタリア料理教室で知り合った女友だちに誘われたとかで」

須河内の告白に、男はおやおやと微笑《ほほえ》みながら目を細め、

「しかし、なんでこうなっちゃいましたかねえ」

ひとつ伸びをしてから、あ、申し遅れました、桐峰敏夫《きりみねとしお》と申します、とみずから名乗った。どうせ自分も退屈していたところだ。須河内も経済雑誌を閉じて自己紹介すると、

桐峰は身をのりだしながら、

「結局、会社がないからでしょうなあ」

つるりと禿げ頭を撫《な》でつけた。

「会社、ですか」

オール白髪が自慢の須河内は、手櫛《てぐし》を入れながらちょっと考え、

「まあたしかに、われわれは日本株式会社の申し子みたいなものですからねえ」

と腕を組んだ。

自由主義経済がようやく機能しはじめた昭和三十年代前半に入社して以来、須河内の歩みは、戦後日本企業の歩みだったといってもいい。神武《じんむ》景気から鍋底《なべぞこ》不況を乗り越え、岩戸《いわと》景気後の金づまりからオリンピック景気へと駆け抜け、四十年不況にいざなぎ景気、ドルショックに石油ショック、円高不況にバブル景気にバブル崩壊に至るまで。戦後の日本企業の栄枯盛衰、すべてを味わいつくしてきた。

「会社こそが人生。会社のためなら死んでも頑張ります、と会社と一心同体で生きてきた。そんな人間から、まだ壮年ともいうべき六十代に会社を奪い取ってしまったらどうなるか。そこらへん、この国の連中はどう考えておるのかと、なんというかこう、憤りすら湧《わ》いてきますすよ」

つい義憤にかられて須河内は気色《けしき》ばんだ。

すると桐峰は笑顔をつくった。

「いや、そんな大袈裟《おおげさ》な意味で言ったわけじゃないんですよ。もっと単純な意味で、会社勤めという独自のライフスタイルに基づいて日々が動いていく心地よさ、いわば会社

勤めの様式美を失ってしまった寂しさが、この空白感をもたらしているんじゃないかと、そう思ったわけでしてね」

「会社勤めの様式美？」

須河内が眼鏡をずり上げながら首をかしげた。

「だからたとえば毎朝のことでいえば、判で押した時間に起きだして、判で押した背広を着込んで、判で押した電車に押し込まれて、縦に折りたたんだスポーツ紙を読みながら粛々と出勤していたじゃないですか」

「してました」

「で、会社に着くと、女の子がお茶をいれてくれて、その子の髪型をほめて、きのうの巨人の話をしながら日経新聞をひろげてたじゃないですか」

「ひろげてました」

「そのうち、どれ仕事をはじめようかと新聞をたたむと電話が鳴って」

「受話器を取ると上役からの内線」

「ちょっときてくれ、なんて呼ばれて仕方なく行ってみると」

「なんとかならんかね、といった話になって」

「そのまま打ち合わせ会議に突入したかと思うと、いつのまにやら上役の説教大会」

「うんざりしてもどってくるともう昼になっていて」

「課のみんなでつるんで昼飯を食う話になる」

「で、たまたま課長が天丼好きだったりすると」

「天丼いくか！　の一言で行く店が決まって」

「なんだよまた天丼かよ、と内心不平をこぼしながらも」

「全員そろって天丼を注文。わさわさかっこんで食べ終えるとすかさず」

「コーヒー行くか！　と課長好みのおねえちゃんがいる喫茶店に移動する」

「しかしまあ部長も無茶ばっか言いますよねえと、ひとしきり愚痴《ぐち》ったところで午後一時になって」

「こんど飲みいかない？　なんて、おねえちゃんを誘いながら課長がおごってくれた、と思ったら、ちゃっかり領収書もらってたりして」

「さてさて、とオフィスにもどると出入業者が訪ねてきてる」

「いやもうこの不景気で、うちもリストラで大変ですよ、なんて腹の探り合いをしてるうちに夕方になって」

「軽く寄ってかない？　と毎度の誘いがかかり」

「居酒屋にしけこんで、とりあえずビール、なんてやってるうちに」

「なんにも専務なんか死んじまえ！　なんて口走るやつがでてきて」

「こんな会社、辞めてやる！　なんて勇ましい言葉も飛び出したりするんだけど、そんなやつにかぎって絶対に辞めなくて」

「となりで部下のＯＬ口説いて不倫関係になったやつが」

「辞めるはめになったりして」

「馬鹿なやつめと笑い飛ばしたところでお開きにして」

「二十二時四十二分発の快速で帰路についたはいいが」

「地元の駅前からのバスはもう終わっていて」

「仕方なくとぼとぼ歩いて帰宅すると、妻はもう寝ている」

「見事な様式美じゃないですか」

「たしかに見事ですねえ」

「それが近ごろは、あの様式美を馬鹿にする風潮が一般的になっている。会社人間だの、仕事漬けだの、家庭を顧みないだのと、まあ言いたい放題だ。どこが悪いというんですか。結局、あの型にはまった会社べったり生活こそが、日々充実した楽しさの源泉だったと、わたしは本気で思うわけですよ」

なるほどそうかもしれない、と須河内は思った。

上司と喧嘩《けんか》して辞表をしたためたこともあった。取引に失敗して首が飛びそうになったこともあった。出世競争の泥仕合もあれば、派閥抗争で苦しんだこともあれば、左遷におびえて心身症になったこともあった。

しかし、そうしたトラブルのひとつひとつにしても、いまにして思えば、会社べったり生活の様式美を際立たせるためのカウンターエピソードでしかなかったと、そんな気さえしてくる。

「もういちど、あのころにもどりたいですよ」

しみじみと桐峰が言った。

「たしかに、おっしゃるとおりですねえ」

須河内は、ゆっくりとうなずいた。

すると、ふいに桐峰が席を立ったかと思うと、

「だったらこの際、会社、つくっちゃいますか」

いたずらっぽい目をしながら須河内の傍らにやってきた。

「でもこの歳で起業となると」

さすがにそこまでは、と思うと同時に、怪しげな勧誘ではないかと、ちょっと警戒した。

「いやいや起業なんて大袈裟《おおげさ》なものではなくて、ごっこですよ。会社ごっこ」

「会社ごっこ?」

「ええ、これはちょっと楽しい思いつきかもしれませんよ。だってなにしろ、毎朝通勤できる」

「通勤できますか」

「出勤したら会議がある」

「会議、ありますか」

「もちろん昼にはみんなで天丼を食べにいけるし」

「ついでにコーヒーも飲めて」

「午後は出入業者と愚痴をこぼし合い」

「夜には街に繰り出して」

「会社辞めてやる！　と吠《ほ》えるやつのとなりでＯＬを口説く」

「たまりませんねえ」

「たまらないでしょう！」

「なんだか元気が出てきますねえ」

「出てくるでしょう！」

二人で掛け合いしているうちに、つい調子にのって大声になっていた。書棚の谷間にいる女性司書が、なにごとかとこっちを振り返っている。

「おっといけない」

桐峰はぺろりと舌をだしながら身をすくめると、

「でもこの際、ほんとに会社ごっこ、やりましょうよ」

声を潜めてあらためて言った。

「やってみましょうか」

つられて須河内も声を潜めて首肯していた。

2

ゆうべの残りごはんと漬け物で朝飯を食べていると、インターホンが鳴った。だれだ、朝っぱらから。テレビ画面の時間表示がまだ八時をまわったばかりなのを確認しながら、須河内は箸《はし》を置いた。

妻が旅に出たとたん、食生活が貧しくなった。それはそうだ。この歳になっても須河内はごはんが炊けないし、味噌汁《みそしる》もつくれないし、いやそれどころかインスタントラーメンひとつ、つくったことがない。

それを心配して、妻は今回、ごはんの水加減やら味噌の溶き方やらをメモしていってくれた。が、いまさらそんなものを見たところで、とてもじゃないが、炊事なんてものはやる気にならない。

仕方なくゆうべはコンビニで白飯と肉じゃがとゆで卵を買ってきて食べた。じゃがいもと卵が妙に腹にたまって、ごはんは半分残した。これでもし妻が先に逝ってしまったら、毎日こんな晩飯になるのか。そう思うと、いささか哀しくなった。

今夜は味噌汁にでも挑戦してみるか。なにごとも前向きにやらなければな、と反省しているところにインターホンが鳴ったのだった。

「おはようございます！」

朝から元気いっぱいの声が響いた。先週出会ったばかりの声だった。

「どうしました、こんな時間に」

ドアを開けると、きちんと背広を着込んで黒い書類鞄《しょるいかばん》を手にした桐峰が立っていた。

「だれよりも早く出勤する。それがわたしの流儀なものですからね」

おやおやおやと思った。

来週早々からはじめましょうと約束はしていたものの、まさか本気で訪ねてこようとは思わなかった。とりあえず、オフィスはわたしのうちってことでどうですか。あの日の別れ際、なんだか気分がよくなって、ついそんなことを口走ってしまったのも失敗だった。

「いやあ入れ込んでますねえ、桐峰さん」

須河内が冷やかすと、

「けっこうその気になりやすいタイプなもんですから」

桐峰は照れ臭そうに禿げ頭を掻《か》いた。

須河内は十一階建て団地マンションの四階に住んでいる。

東京都下、姫ヶ丘市にひろがるベッドタウン。いまから二十五年前、都心の企業に勤めるサラリーマン家庭のために夢のニュータウンとして開発分譲された、大規模団地の西側に位置するウエストサイドD棟404号室。当時は驚異の分譲倍率と言われたこの団地にありながら、4が二つもつく部屋番号が敬遠されたために思いのほかスムーズに抽選に勝ち残り、まんまと入居できたマイホームだ。

総床面積六十四平方メートルの2LDK。かつてはここに親子三人で寝起きして狭苦しい思いもしたものだが、五年前に息子がひとり暮らしをはじめてからは夫婦二人、のんびりと暮らせるようになった。

桐峰の住まいも、この団地内だと言っていた。イーストサイドの奥まった小高い丘の上あたりらしい。

が、場所こそ違え、彼の家にしても、おそらくは須河内家と似たような状況にあるはずだ。というより、この姫ヶ丘ニュータウン全体がそういった状況にあるといったほうがいいかもしれない。かつてのニュータウンは、住民の高齢化とともに、瞬く間にオールドタウンと化してしまった。どの家も夫婦二人きりで、ひっそりと静まり返った日々に埋没している。

起伏のない毎日に退屈していたこともあって、たまには変わった客を迎えるのも楽しいかと、ついリップサービスしたのがいけなかった。自分が蒔《ま》いた種とはいえ、いざいきなり「出勤」されてしまうと、それはそれで困ってしまう。

だが、出勤されてしまったものは仕方がない。ここはひとつ、息子が使っていた部屋をオフィスということにするか。息子の勉強机も残っていることだし、多少は会社の雰囲気もでるだろう。

そう思い直して子供部屋に通すと、

「では八時半から早朝会議をはじめますので、それまでに出勤してきてください」

桐峰は冗談めかして言いながら片手でつるりと禿げ頭を撫でた。

こうなったら後に引けない。須河内も無理やりその気になることにした。食卓にもどって急いで朝飯をすませると、防虫剤臭い背広をひっぱりだしてネクタイを締めた。道具立ても必要だろう。食卓椅子《いす》と妻が覚え書きに使っているホワイトボードも持って、あらためて子供部屋に「出勤」した。

桐峰は、なにやらワープロ文字が並んだ書類を手に、神妙な面持ちで勉強机に向かっていた。須河内の出勤に気づくと、

「では、さっそく早朝会議をはじめましょうか」

と笑みを浮かべた。

が、そう言われても、なにをどう会議したものか須河内には見当もつかない。間が持

てずにとりあえずホワイトボードをセットしていると、

「まずは企業理念を決めるというのはどうでしょう」

桐峰に提案された。

「企業理念、ですか」

「会社といったら、第一に理念です」

桐峰は銀縁の老眼鏡をかけると、用意していた書類に目を落とした。

「で、叩《たた》き台《だい》を考えてみたのですが、いわゆる企業理念というと、お題目みたいなものが多くて困りますよねえ」

「そういえばそうですね」

「どんなに優良イメージのある会社であっても、現実には、違法すれすれの商売をやっていたりする。にもかかわらず、額に掲げた理念といったら、誠実だの信頼だの顧客第一だのと言いたい放題じゃないですか」

「たしかに」

「そこでひとつ思いついたんですが、われわれの会社は、そうした常識を逆手にとってみてはどうですかね。つまり、企業理念を額面どおりに実現する会社にしてしまう。お題目をお題目で終わらせない、ひたすら絵空事の理想を追求し続ける会社にしてはどうかと」

桐峰はフェルトペンを手にすると、

『絵空事』


とホワイトボードに書きつけた。

ときには法に触れてでも、ときには客を裏切ってでも、ひたすら利益を追求するような生臭い商売は、現役時代、いやというほどやってきた。

しかし、こうして還暦も過ぎたというのに、また後味の悪い商売に手を染めるというのはいかがなものか。たとえ青臭いと笑われようが、われわれが思うところの理想をそのままかたちにした、それこそ絵空事を地でいく会社にしようじゃないかというわけだ。

「かっこいいでしょう」

「かっこいいですねえ」

ごっことはいいながら、桐峰は桐峰なりにいろいろと考えてきたらしかった。

となると、自分もかっこいい意見のひとつも述べなくては、と須河内はあせった。会議で意見を言わなくてはとあせるなんて、しばらくぶりのことだった。

「それでしたら、もうひとつ、こういうのはどうでしょう」

とっさに思いついた。

「馬鹿正直」

「馬鹿正直?」

だれかを出し抜いたり、だれかを悲しませたり、だれかに恨まれたり、だれかに蔑《さげす》まれたりするようなまねは、けっしてしない。いつでも馬鹿正直に、われわれ高齢者の誠実さを大切にする会社。

「どうでしょう」

「いいじゃないですか」

桐峰がうなずいた。須河内はワンポイント取り返した気分で、得意顔を悟られないように黒縁眼鏡を外してハンカチでレンズを磨いた。

桐峰がまたフェルトペンを手にして、

『馬鹿正直』


とホワイトボードに書いた。

「絵空事。馬鹿正直。いいじゃないですか。しかし、おさまり的には、もうひとつぐらいほしいですねえ」

うーむ、と二人で考え込んだ。

そのとき、窓の外からチャイムのメロディーがきこえてきた。生協の宅配車がやってきたようだ。毎週一回、朝九時すぎになると、トラックに生鮮食品や雑貨を積んでウエストサイド地域にやってくる。

ひとりで家にいるとき、あの音を耳にするたびに須河内は侘《わび》しい気持ちになった。あれは人里離れたニュータウンの孤島に暮らす自分たちに、その境遇を思い知らせるためにやってくるんじゃないか。そんなつもりなどあるわけがないとわかっていながら、つい、そんなひがみ根性が頭をもたげてきた。

ところが、きょうにかぎって、なぜかチャイムの音が違ってきこえる。ああ、世間も元気で動いているんだなと、ふと心なごんでいる自分に気づく。

たとえ真似事であっても、会社で会議をしている自分。それも現役時代のような、ぎすぎすしたせめぎ合いではなく、自分たちはどうありたいのか、それを真正面から考える会議。そんな建設的な時間の中に浸っているという小さな喜びが、須河内の心に余裕をもたらしているのかもしれない。

「度外視、というのはどうでしょう」

ふと口をついて出た。

採算も効率も、野心も欲望も、勝利も栄誉も面目も体裁も、あらゆる煩悩《ぼんのう》やしがらみを、とりあえず度外視する。これもまた、絵空事のごとき馬鹿正直会社に見合った一言といえるのではないか。

『度外視』

桐峰はまたホワイトボードに書き記した。そして、それを勉強机の上に立てかけると、

「絵空事、馬鹿正直、度外視」

あらためて発音して言葉の感触をたしかめた。

「いいじゃないですか」

「いいですよねえ」

「すばらしい理念ですよ」

「すばらしいです」

「決定しましょう！」

「決定しましょう！」

二人で大きくうなずき合った。

会議で物事が決定した、という事態に、二人とも、なんともいえない達成感を覚えていた。

われわれはいま、会議の場においてひとつの決断を下したのだ。企業理念という会社

活動の根幹をなすべきベリーベリーインポータントな指針原則を、卓抜なる発想および決然たる意志をもって議定せしめたのだ。

「ちょっと早いですけど、コーヒー、行きますか」

「おお、コーヒーですか」

会議のあとは喫茶店で一服。これも会社の様式美のひとつだ。

「行きましょう行きましょう」

昂《たか》ぶった気持ちに衝き動かされて、即刻会議を中断した。

姫ヶ丘駅前商店街まで歩いて行きましょう、ということになった。桐峰が行きつけの喫茶店があるという。

しばらくぶりに下駄箱の奥から革靴をとりだした。傘立てをかきまわして靴べらを探し、革靴に足を滑り込ませると、エレベーターで下に降り、さっそく煉瓦《れんが》ブロックを敷き詰めた歩道に踏み出した。

街には春が息づきはじめていた。

ひろがる空。羽ばたく鳥。芽吹きはじめた街路樹。背広の布地ごしに伝わってくる陽射しが、じんわりと心地よい。ついきのうまでは、コンクリートの棺桶《かんおけ》が林立しているとしか思えなかった団地群が、青空に屹立《きつりつ》するさっそうたるオブジェに見えてくる。

この団地に引っ越してきた二十五年前、ぴかぴかのマイホームから初めて出勤したときの晴れがましい気分を思い出した。

「会社、やっぱり楽しいですねえ」

禿げ上がった頭頂に陽光を反射させながら桐峰が言った。いつになく高揚しているせいだろう、図書館で出会ったときに比べて、ずいぶんと若返って見える。

須河内にしても、それはおなじことだった。たかが会社ごっこごときが、これほど気持ちを浮き立たせてくれようとは思いもよらなかった。

二十分ほどで姫ヶ丘駅前商店街に着いた。

都心のターミナル駅から私鉄に乗って四十分。ニュータウン着工とともに開設された姫ヶ丘駅の周辺は、須河内が引っ越してきた二十五年前は、まだ舗装道路と電柱が建ち並んでいるだけのゴーストタウンのような風景だった。

が、ニュータウンの住民が急増するにつれ、食堂ができ、スーパーができ、居酒屋ができ、本屋ができ、ドラッグストアができ、銀行ができ、喫茶店ができ、パチンコ屋ができ、家電店ができ、レンタルビデオ店ができ、英会話スクールができ、回転寿司ができ、気がついたときには、いまどきどこにでもある私鉄沿線駅前商店街そのままの賑《にぎ》やかな街並みになっていた。

そんな商店街の中程、肉屋と和菓子屋の狭間に、その喫茶店はあった。

須河内の知らない店だった。

小さく「鼎《かなえ》」という看板を掲げてはいるものの、間口の狭さのせいなのか、特徴のない店構えのせいなのか、ここと言われても見過ごしてしまいそうに印象が薄い。事実、須河内自身、幾度となくこの店の前を行き来していたというのに、まったくその存在に気づいていなかった。

木製のドアを開けると、からんころんとカウベルが鳴った。いまどきカウベルが鳴る喫茶店もめずらしいと思いつつ店内に入る。

「ずいぶん広いですねえ」

思わず声がでた。

間口が狭いわりに、店内は驚くほど奥行きがあって、テニスコートの一面ぐらい楽にとれそうなほど広い。表通りに面したところは、あくまでも店内への通路みたいなもので、本来の母屋は隣の和菓子屋の裏手にある大きな敷地に建っていたのだった。

入口から通路を進んだ先の右手、テニスコートでいえばエンドラインのあたりに、十四、五人は座れそうな「く」の字型のカウンターがある。赤茶色の鋳物製コーヒーミルや黄ばんだ白磁カップが並んだその中では、マスターらしき初老の男が、ぼんやりと小型テレビを眺めている。

彼以外、店員はいないようだ。一声かけてから奥のテーブル席に進む。テーブルは十五卓ほどあった。もう片一方のエンドラインのあたりまで、広い空間にぽつりぽつりともったいないほどの余裕をもって配置されている。

ただ、空間的にはゆとりがあるものの、見栄え的には、なんとも愛想のない店内だった。天井には剝《む》きだしの蛍光灯。壁紙は染みと裂け目だらけ。奥の壁際に、なぜか古びた優勝額が二つ掛けてあるのが妙に目につくぐらいで、殺風景としかいいようがない。

「かつては卓球場だったらしいんですよ」

「卓球場？」

「ほら、われわれが若いころはよくあったじゃないですか」

「ああ、そういえば」

むかしは、どの街にもかならず一軒は卓球場があった。店内には卓球台が三、四台並べてあり、一時間五十円ほどで気軽に遊べた。ひと汗かいたら飲物片手に談笑できたりもして、いわば街の青少年の社交場でもあった。

「この街ができたころも、まだその名残があったみたいで、だれかが卓球場を開いたらしいんですよ。ですがまあ、当時としても、すでに斜陽業種ですからね。まもなく潰《つぶ》れて、それをそのまま、いまの店主が買いとったらしいんです」

桐峰はテーブル席に着くなりそう説明してくれた。

「ですけれど、この様子だと喫茶店としてもあぶなそうですね」

須河内は小声で笑った。

なにしろ、これだけの広さがあるというのに先客がひとりしかいない。スポーツ新聞を読みながらモーニングセットを食べているジャンパー姿の男。が、その男もトーストを食べ終わるなり帰ってしまった。

「まあ、ここはわたしの数少ない馴染《なじ》みの店ですから、潰れてもらっちゃ困るんですけど、時間の問題かもしれませんねえ」

桐峰も小声で同調しているところにコーヒーが運ばれてきた。

「では、そろそろ続きをやりますか」

一服したところで、また桐峰が口火を切った。会議の続きをやろうというのだった。

もちろん、須河内としても異論はなかった。コーヒータイムのつもりでやってきたものの、さっきからの高揚した気分が抜けきらず、じつのところ、もっともっと会議をやりたくてたまらなくなっていた。

「社名はどうしましょうか」

こんどは須河内から提案した。

「それなんですがね」

待ってましたとばかりに、桐峰は鞄から書類をとりだして目を走らせると、

「株式会社フェイク、というのはどうでしょうねえ」

得意気に言った。

「フェイク？」

「模造品とか、まあそんな意味ですが」

「うーん、たしかにフェイク会社ではあるわけですけど」

悪くはないと思った。が、そう簡単に賛成してしまったのでは、せっかくの会議がすぐ終わってしまう。

「ただ横文字というのが、どうですかねえ」

「だめですか、横文字は」

桐峰が腕を組む。

が、困った顔をしているようで、よく見ると初めて会議が難航しかけていることにわくわくしているようにも見える。

「だったらもっとわかりやすく、『株式会社ごっこ』というのはどうです？」

須河内が対案を出した。

「『株式会社ごっこ』。おお、いいじゃないですか、平仮名というのがわかりやすいし」

「やっぱり平仮名は日本人のふるさとですから」

「よし、決定しましょう！」

「決定！」

「となると、こんどは社長だ」

「それは言いだしっぺの桐峰さんがやってくださいよ」

「いやそれはいけません」

やけに大袈裟に首を振る。どうやら会議を難航させせんがための辞儀のようだ。

「でもたしか、わたしより一つ二つ上でしたよね」

「上みたいです」

「だったら社長ですね。年功序列こそが戦後日本企業の大原則なんですから」

「うーむ、仕方ない。でしたら須河内さんは副社長ということで」

「決定しましょう。で、そうだ、この際、名刺も刷っちゃいましょうか。『株式会社ごっこ』代表取締役社長桐峰敏夫。取締役副社長須河内賢三。なんか、かっこいいじゃないですか。そうなると、そうか、本社所在地も必要ですねえ」

こんどは二人で腕を組んだ。

名刺に刷り込むとなると、団地の子供部屋では格好がつかない気がしてくる。

「それとどうせだったら、おなじ境遇のニュータウンのひとたちにも呼びかけて、いっしょに会社ごっこができるスペースが確保できれば楽しいですよねえ」

「だったら団地の集会室は?」

「なかなか空き時間がないみたいですよ、暇なひとが多いせいか」

「公民館は?」

「おんなじことです」

「思いきって野外公園とか」

「バーベキューじゃないんですから」

軽快なペースで進行してきた議事進行に、暗雲が垂れこめた。

ようやく本物の難航に直面できたという意味では喜ぶべきことではある。しかし、この難航はちょっと喜んでばかりもいられない。いまどき、そうやすやすと思ったとおりの場所が見つかるものではない。

楽しい会社ごっこもこれまでか。二人は気まずく黙り込んだ。

そのとき、背後から声がかかった。

「うちじゃだめですかね」

さっきコーヒーを運んできたマスターだった。

残りすくない白髪をオールバックにきめて、タータンチェックのベストに蝶《ちょう》ネクタイ。ずいぶんと古典的なマスタースタイルで、二人の話に耳をそばだてていたらしい。

「それはいけません。商売の邪魔しちゃうから」

「いやいや、同好会の連絡所と考えれば、うちにもメリットがありますから」

近ごろはどうか知らないが、須河内が学生のころは、学生街の喫茶店を連絡所にしている同好会がたくさんあった。ちょうど喫茶店が増えはじめたころだったこともあって、それが学生街の流行にもなっていた。

店内に同好会のポスターを貼《は》らせてもらって、連絡ノートも置いてもらう。で、授業をさぼってその店に行けば、いつでも会員のだれかがたむろしていて、コーヒーを飲んだり軽食を食べたりしながら一日中でも無駄話に興じていられた。

あの方式だったら、経営的観点からみても固定客が見込めるぶん、店側としてもそれなりにメリットがある。

「それでなくても、こんな寂れた店ですし、まあ自由にやってくださいよ」

照れたようにマスターが笑う。

「ほんとにいいんですか?」

桐峰がまだ遠慮して問い返す。

「いいですとも。そういうふざけた話、わたしも嫌いじゃないですから」

3

午後四時すぎ、成田空港の到着ロビーに須河内恵美子《えみこ》が姿を見せた。右手でキャリー付きスーツケースを転がし、左手に免税店の紙袋を下げ、小さな背中には大きなリュック。カートも使わず、荷物に埋もれるようにして長い税関の列を抜けてきたおかげで、還暦にしては若いとお世辞を言われる張りのある額には、うっすらと汗が滲《にじ》んでいる。

到着ロビーには出迎え客があふれていた。ともに旅をしてきた女性たちとともにフロアに立ち止まった恵美子は、きょろきょろとあたりを見回した。

夫の姿は見当たらなかった。

初めての海外旅行だというのに全行程二十日間。しかもハワイとかオーストラリアとかの定番を差し置いて、いきなりネパールに長期滞在。ちょっと無謀じゃないかと、出発前はみんなから心配されたものだった。

が、恵美子の意志は固かった。この際だから思いきった旅がしたいの、とばかりに勇んで日本を飛びだし、古都カトマンズに遊び、ヒマラヤ山脈に見とれ、チトワン国立公園の野生動物に触れ、甘いチャーを飲み、辛いダルバートを食べ、アジアの秘境を心ゆくまで堪能してきた。

それだけに旅の疲れも半端ではない。

「あんなに迎えにきてって頼んでおいたのに」

恵美子はスーツケースを椅子にして腰を下ろした。

同行した女性たちには、つぎつぎに出迎えがやってきた。いっしょに送りましょうか、と言ってくれるひともいたが、それでも頑張って二十分ほど待っていると、到着ロビーのフロアも閑散としはじめたころになってようやく出迎えがあらわれた。

「ごめん、遅くなっちゃって」

息子の慎平《しんぺい》だった。

大学を卒業後、商社に勤めて七年になるのだが、きょうは会社が休みなのかラフなジーンズ姿だった。父親似の面長。二人並べばひと目で父子とわかる風貌《ふうぼう》ではあるけれど、眼鏡はかけず、身長もひとまわり大きいせいもあってか、全体的な印象としてはずっと男前に見える。

「あら、お父さんは?」

「仕事で忙しいらしい」

「仕事?」

「急にはずせない会議が入ったって」

「なにそれ、どういうこと?」

わけがわからないまま車寄せに停まっていた息子の車に乗り込んだ。

「おかえりなさい」

ハンドルを握っていたのは春川真弓《はるかわまゆみ》だった。

「やっと土休がとれたんで二人でディズニーランドで遊んでたら、急に携帯電話が鳴って、きょうは会議が入ったから出迎えに行ってくれ、だぜ。まあきょうのところは都合がついたからよかったけど、親父、ぼけちまったんじゃねえか?」

ぼやきながら慎平は助手席につく。

すかさず春川真弓がアクセルを全開に踏み込み、旅客ターミナルから高速道路へつながる道を飛ばしはじめた。

女性ドライバー離れした、いさぎよい走りだった。それもそのはずで彼女はA級ライセンスをもっている。幼いころから車が大好きで、規定年齢に達すると同時に一発試験で免許を取得した。

「お父さん、あたしがいないあいだに再就職したのかしら」

後部座席の恵美子が、ふたたび口を開いた。

「それは無理だと思うなあ」

「でも、あれほどの会社人間だったんだもの。ひとりで留守番してるうちに、むらむらしてきちゃったとか」

「いまどき六十代の定年男を雇ってくれる会社なんてありゃしないって。うちの会社なんか四十過ぎたらリストラの可能性だってあるんだぜ。しかも、親父みたいに会社一筋に尽くします、なんてやつほど真っ先に追っ払われるんだから、とてもとても再就職なんて」

「じゃあやっぱり、ぼけちゃったってこと？　会社人間が引退してしばらくすると、そうなることがあるっていう話、きいたことあるけど」

「会社会社であくせく生きてきて、行き着く先が会社ぼけじゃ、たまんねえよなあ。おれも早いとこ会社辞めて独立でもしなけりゃ、親父の二の舞もいいとこだぜ」

「他人事みたいに言わないでよ、あなたの父親でしょう」

「おまけに真弓の義父にもなっちまうわけだ。考えたほうがいいんじゃねえか？　おれなんかといっしょになるの」

運転席の春川真弓は、ふふふと笑っている。彼女は慎平の憎まれ口にはすっかり慣れっこになっている。

「どっちにしても、まだそんな歳じゃないって安心してたけど、なにかこう、会社のかわりに打ち込めるものを探してあげなきゃだめってことかしら」

恵美子はため息をついた。

「まったく、余計な心配かけないでほしいよな。親父たちなんか、これからの時代も含めた日本国史上、いちばん幸せな老後をおくってるんだぜ」

慎平はふてくされる。

その後ろ姿を見やりながら、恵美子はもういちど小さなため息をついた。帰国早々に直面した日本の現実に、雄大な世界の屋根ヒマラヤを望む国に遊んだ思い出が、瞬く間に色褪《いろあ》せてしまった気がした。

午後六時半すぎ、姫ヶ丘ニュータウンの団地マンションに辿《たど》り着いた。

成田を出て二時間。ふつうなら二時間半から三時間はかかるところだが、これも春川真弓のアクセル全開ドライビングのおかげだ。

彼女は都内の広告会社でマーケティングの仕事をしている。商社で働く慎平とは三年前、たまたま義理で参加した合コンで知り合い、慎平の速攻チャージに寄り切られてこういうことになった。

いわゆるOLにありがちな、ちゃらちゃらしたところはない。きゅっとしまった顔にショートヘアで、会社では、こざっぱりしたカジュアルスーツ。プライベートではジーンズファッション。アクセサリーの類もあまりつけず、車の運転そのままの割り切りのいい性格で、そこに慎平が惚《ほ》れたのだった。

恵美子や夫の賢三としても、見た目のわりには無鉄砲なところのある息子には、ちょうど釣り合いのとれた嫁だと素直に喜び、一年後の挙式を楽しみにしている。

そんな真弓の義父になる予定の賢三が帰宅したのは、夜も十時半を過ぎようとするころだった。

恵美子の帰国を祝って出前の鮨《すし》をとり、ネパール旅行の土産物と土産話を肴《さかな》にビールやらワインやらを抜いて大いに盛り上がり、どうせあしたも休みなんだから、二人とも泊まっていったら？　といった話も出はじめていた。

「遅かったわねえ」

背広にネクタイを締め、頰《ほお》を赤く染めている夫を見て恵美子はびっくりした。

「帰りに軽く飲《や》ってたんだ」

ネクタイを弛《ゆる》めながら賢三がふうと息をつく。ついさっき、会社の同僚と別れたばかりだという。

「同僚って、あなた再就職でもしたの？」

しかし賢三は、まあちょっと待てとばかりに上着をハンガーに掛け、靴下を脱ぎ去ると、やれやれと食卓についた。そして、まだ残っていたビールを手酌で注いで、ごくりごくり飲み下した。

時代が十年遡《さかのぼ》ったかと、恵美子は目を疑った。

つい四か月ほど前、春川真弓も呼んでこの家で正月を祝ったときには、息子の慎平もしみじみと言っていたものだ。定年退職して三年、親父もさすがに歳をとったよなあ、と。

なのに、そのおなじ夫が、かつて会社一筋に生きていた現役時代さながらのオーラを発散させてビールを飲んでいる。髪の白さや額の皺《しわ》こそ歳相応のままだけれど、その目つきにしろ仕草にしろ、いつになく若やいで見える。

「会社、はじめたんだよ」

二杯目のビールを注いだところで、ようやく賢三が口をひらいた。

「会社を?」

恵美子は仰天した。息子も驚きを隠さない。

そんな二人のようすをおかしそうに眺めながら、賢三は問わず語りに語りはじめた。

妻が旅立った翌日、桐峰という男と図書館で出会い、彼が会社ごっこを発案したこと。しかも彼は本気で出勤してきて、理念を決め、社長を決め、ひょんなことから本社所在地まで決まってしまったこと。以来、きょうまで毎日きちんときちんと出勤して頑張っていること。

「出勤って、その喫茶店に？」

呆《あき》れ顔《がお》で息子がきく。

「喫茶店ではない。喫茶店気付の『株式会社ごっこ』に出勤しているわけだ」

「けど、そんなところで何を頑張ってるんだよ。コーヒーの出前とか便所掃除とか請け負ってるわけ？」

「そんなことはしない。まずは創業にともなう社則、業務範囲、将来計画といったものの策定がある。それがまとまったら、うちは商社だから、商品のリサーチをしたり、仕入れ先の選定をしたり、営業戦略をまとめたり、つぎからつぎに仕事が生まれてくるんだよ」

なにしろ、はじめたばかりの会社だ。社員がたった二人しかいないこともあって、やることはいくらでもある。

おかげで、毎朝定時の九時前に出勤したら、あとは一日中、喫茶店オフィスに詰めっきり。会議やらデスクワークやらに追われるうちに午後五時の退勤時間はとっくに超過。気がつくと現役時代さながらに連日連夜の残業に忙殺される状況になっていた。まさに会社勤めの様式美そのままに、須河内が会社人間だった当時を再現したような働き蜂の日々が続いているのだった。

「そこでまあ、これほど忙しいのなら、もっと人手をふやしたほうがよさそうだと、創業の翌週には同好の士、つまりは社員を募集することにしたんだな。ところが、これがまた忙しさに拍車をかけてなあ」

桐峰が手作りした募集ポスターを、団地内の公園や公民館や図書館の掲示板に貼ってまわった。

すると、これが思わぬ反響を呼んでしまった。ポスターを貼った翌朝から喫茶店「鼎」の電話がひっきりなしに鳴りはじめ、わずか二、三日のあいだに百人以上もの応募者が殺到してしまった。

しかも困ったことには、どの応募者からの電話も、応募受付の事務的な会話だけでは終わらないのだ。かかってくる電話の大半が、会社のない毎日がどんなに辛く侘しいものか、そんな自分に周囲の人間がいかに無理解か、といった心の葛藤《かっとう》をぶつけてくる。

「夢に見るんですよ。でっかい契約を決めて、よかったよかったと課長に肩を抱かれたときのことを」

「ああ、わたしも似た夢を見ます」

「でしょう？　で、あの当時の気分を思い出すんですよ。もうほんとに舞い上がってしまって、べつにわたし、そっちの趣味はないんですけど、課長が好きだ！　なんてことを本気で思ったなあと」

「ああ、わかりますわかります」

「わかるでしょう、ね、わかるでしょう？　なのに妻ときたら、このあいだ、ついその話をしたとたん、夜の新宿二丁目にでも勤めてたんじゃないのって、いまじゃ口もきいてくれないんですよ。それがもう悔しくて悔しくて」

こうした電話を邪険にあつかうわけにはいかない。そのたびに、きちんきちんと応対しているものだから、しまいには応募受付をしているのか人生相談をしているのか、わけがわからなくなってくる。

これには須河内も桐峰も複雑な気持ちになった。自分たちとおなじ思いを抱えた人間が、こんなにもたくさんいたのかとうれしく思う反面、この年代が抱えている問題の大きさを、あらためて思い知らされた。

が、だからといって、おなじ思いの人を全員社員にするわけにもいかない。物理的制約という現実もある。

「そこで、こうなったら面接で絞り込むほかないだろう、ということになったわけなんだが、それでまたえらい事態を招いてしまってなあ」

日時を指定して順番に面接していく段取りをつけたにもかかわらず、いざ面接初日になってみたら、喫茶店「鼎」の前に早朝から長蛇の列ができてしまったのだ。

それはもう、姫ヶ丘ニュータウン中の定年退職者が集まったかと思えるほどの大行列だった。あまりの反響の大きさに募集ポスターはすぐに剝《は》がしたのだが、どうやらクチコミで噂《うわさ》がひろがってしまったらしく、わざわざ近隣の街から始発電車でやってきた面接希望者までいたらしい。

かつて高度成長期には「モーレッ社員」の異名も授けられたほど、会社に対しては格別の熱意をもって忠誠尽くすべし、と叩き込まれてきた世代だ。なにはともあれ熱意だけでも示しておかねばと、意気込んだ結果の行動だったに違いない。だが、せっかくの熱意も突如として示されたほうはたまらない。

予想もしなかった騒ぎに須河内と桐峰はてんてこまい。楽しみにしているコーヒータイムもランチタイムも返上して頑張ってもなお、つぎからつぎと面接しなくてはならないわ、近所の店からは営業妨害だと苦情電話はかかってくるわ、なにごとかと野次馬も集まるわ、それが通行の邪魔だと警察官もやってくるわで、「鼎」のマスターまでいっしょに奮闘してくれたにもかかわらず、どうにも収拾がつかない。

やがて整理券を配ることを思いついたおかげで、ようやく事態を鎮静化できたからよかったものの、一時はパニック寸前だった。

「それって、話、つくってないか?」

黙って父親の話をきいていた慎平が苦笑した。そんなできすぎた話があるものかと疑ってかかっている。

「つくってなんかいるものか。商店街のだれかにきいてもらえばすぐわかるが、とにかく大変な騒ぎになったもんだから、その晩、桐峰さんと反省してなあ。われわれは、今回はじめたことの重大性をどこまで認識していたんだろうかと」

おなじ境遇に置かれた仲間を集めて、喫茶店を会社に見立てて楽しく遊べればそれでいい。正直、二人ともその程度の認識しかなかった。

だが、これはそんな狭い了見でやるようなことではないのではないか。もっときちんと鳥瞰図《ちょうかんず》を描いたうえで、本腰を入れて取り組むべき重大な仕事ではないのかと。

「考えすぎだよ」

また息子がまぜっかえした。が、賢三は真剣だった。

「いいか、これは真面目な話なんだ。あの日、われわれは決意したのだ。こうなったら、この会社ごっこを、われわれの同輩がこぞって参加できる一大ムーブメントに育てようじゃないかと」

4

「いい気なもんだよな、定年退職者は」

寝静まった東京を駆け抜ける車の助手席で慎平は舌打ちした。

「年寄りを集めて一大ムーブメント？　冗談じゃねえよ。いくら恵まれた老後を保障されてるからって、調子に乗るのもいいかげんにしろってんだよ」

父親が帰宅するまでは、春川真弓と二人で実家に泊まるつもりでいた。あしたの昼間も、母親のネパール土産話をきいてやろうと思っていた。

なにしろ母親は、生まれて初めて異国文化に触れてきたのだ。まだまだ話したいことは、いくらでもあるはずだ。なのに父親ときたら母親の気持ちなどおかまいなし。会社ごっこの話に夢中になって、しまいにはおかしな気炎まで上げはじめたものだから、いいかげんうんざりして早々に退散したのだった。

「もうちょっと優しくしてあげてもいいんじゃないの？」

ハンドルを握る真弓が苦笑した。

「お義父《とう》さんにとっては、会社こそが人生のすべてだったんだから」

すでに真弓は、お義父さんと呼んでいる。

「だけど会社こそが人生って、そこがまた馬鹿なとこだよな。いまどき会社になんか期待してるやつがどれだけいる?」

「それはだって、しょうがないじゃない。お義父さんたちの世代は、右肩上がりの日本太閤《たいこう》物語をリアルタイムで体験してきたんだから」

日本国中が猿そのものだった終戦直後に思春期を過ごし、木下藤吉郎の昭和三十年代を駆け上り、羽柴秀吉《はしばひでよし》の昭和四十年代五十年代に大出世を遂げ、太閤秀吉のバブルに酔いしれ、平成不況もまだまだ深刻化していないうちに定年退職したあとは、たっぷり退職金が転がり込むわ、予定額どおりの企業年金も給付されるわで、金屏風《きんびょうぶ》を背にした隠居生活に辿り着いた。

「とにかく生涯にわたって会社丸抱えの人生をおくってきたわけだから、会社に執着したくなって当然じゃない」

ヒール・アンド・トウを踏みながら義父をかばう。

「だからって、こっちはやっととれた土休を台無しにされたんだぜ。それでなくてもバブルが弾けると同時に社会に出て、あとは右肩下がりの下降線。年功序列はくずれて、給料は締めつけられて、四十過ぎたらリストラにさらされて、定年を迎えるころにはまず間違いなく年金も破綻《はたん》。企業も政治も行政も、なんにもあてにならないお先真っ暗の時代に放り出されて奮闘してるわけだよ。なのに能天気に、会社ごっこを楽しみたいなんて、どういう神経してんだよ。そんな馬鹿な遊びにうつつをぬかしてる場合じゃないっての」

慎平のぼやきはとまらない。

「けど、なんかの本で読んだんだけど、人間って、一度体験した成功の喜びを何度でも体験したがる習性があるらしいのね。その強烈な喜びをもういちど味わいたくて、またおなじことを繰り返すんだって」

だから、一代で大会社を築き上げて生涯かかっても使いきれない財を成した人物だろうとも、さらに二つ目、三つ目と会社をつくりたがる。それはもはや、さらに財産を殖やしたいとかそういうこととは、まったく関係がない。とにもかくにも、ふたたび成功の快感に酔いしれたいだけなのだ。

そしてその心理は、会社と一体となって成功を勝ちとってきた慎平の父親たちにしても、まったくおなじじゃないかと真弓は言うのだった。

「やけに親父の肩もつじゃねえかよ。そりゃ快感に酔いしれるのは勝手だけど、だからって、おれたちに迷惑かけていいのかよ」

「たいした迷惑じゃないじゃない。あなた、もっと大人になったら？」

「どうせ子供だよ。けど、その子供っぽいとこが好きって言ったのは、どこのだれだ」

「だれだったかしらね」

真弓は急にシフトダウンするとアクセルを踏み込み、前方のタクシーを追い越した。

あざやかな軌跡を描いて、するりと車が元の車線におさまる。慎平が運転するときに比べて格段に生き生きした走りだった。

もともとこの車は慎平が買った。だから最初は慎平好みのオートマのステーションワゴンにしようと思っていた。ところが、いざ買う段になったら、絶対にマニュアルのスポーツタイプにして、と言い張る真弓に押し切られてしまい、おかげでいまでは、ほとんど彼女の車になってしまっている。

こいつと結婚すると、どんな生活になるのだろう。

一年後には挙式をして、その後も彼女は仕事を続けると言っている。そのこと自体に異論はないが、ただ、慎平にはひとつ考えていることがある。あと一年のうちには会社を辞めて独立しようと思っている。それを彼女が、どう受けとめるかだ。

きょうディズニーランドに誘ったのも、遊ばせて気分よくさせたうえで打ち明けようと考えたからだ。なのに父親のせいであんな展開になってしまったものだから、仕方なく、成田空港からの車中、母親相手に軽く独立話を振ってみた。それで真弓に対しても伏線を張ったつもりではあるのだが、はたしてどれほどの伏線になったものか、正直なところ自信はない。

　とりあえずは、どこかのフランチャイズチェーンと契約したいと思っている。何のフランチャイズにするか、そこまでは具体的に考えていない。というより、業種などなんでもかまわないと思っている。商社マンとして働いてきた経験にプラス、独立経営のノウハウが蓄積できさえすればそれでいい。そのうえで最終的には、自分なりの企画でフランチャイズチェーンを立ち上げることが目標なのだから。

　もちろん、資金的に厳しい面もないではない。が、こういうことをはじめるには、三十代のなるべく早い時期でなくてはならない。この時期を逃したらもうチャンスはない。一刻も早く行動を起こさないことには時間切れになる。慎平には、そんなあせりがあった。

　飛ばし続けたにもかかわらず、慎平の住まいに着いたときには午前零時をまわっていた。都心のターミナル駅から程近いワンルームマンション。いつものように、真弓も泊まることになった。

　地方出身の彼女は、さらに車で二十分ほどかかるワンルームマンションでひとり暮らしをしている。どうせ結婚するんだからと、ときどき慎平は同棲《どうせい》をうながす。が、いまや彼女の故郷の父親も公認の仲だというのに、けじめはけじめだと言って譲らず、応じてくれる気配はない。

部屋に落ち着いたところでワインを開けた。彼女が泊まるときは、就寝前に二人で飲むのが習慣になっている。

「だけど、いいことだと思うな」

パジャマ姿でグラスを見つめながら真弓が言った。

「なにが?」

「会社ごっこ」

「またその話か」

「だって、いま考えたんだけど、あれって一種のメンタルケアじゃないかと思ったの」

「メンタルケア?」

「一見、馬鹿げた遊びをはじめたように見える。でもじつは、単なる遊びという領域を超えて、いまどきの定年退職者が共通して抱えている心の空洞を埋める、メンタルケア装置になっているんじゃないかって」

「そんな大袈裟なもんか?」

「けど、そうじゃないとしたら、なんでそんなにたくさんの定年退職者が集まるわけ? いま広告業界じゃ間近にせまった超高齢化社会に向けて、いかにして彼らの心をつかむか、いろんな仕掛けを試みてるの」

いまどき、いちばん自由にできるお金をもっているのは高齢者だというまさに現金な理由から、世の企業の目は、いずれも高齢者に向いている。

「だけど、どんなにテレビCMを流しても、どんなにイベントを仕込んでも、そう簡単に動いてくれるひとたちじゃないのよ。いくら仕掛けても、なかなか手ごたえが返ってこない。なのに、手作りのポスターを団地の掲示板に貼ったぐらいのことで、それほどの反響があった。それってやっぱり、これは自分たちを癒《いや》してくれる装置だと、彼らが直感的に受けとめたからこそだと思うわけ」

いつのまにか真弓は仕事の顔、マーケティング担当者の顔になっている。

「そう考えると、これって画期的な発明かもしれない。お義父さんが言った一大ムーブメントじゃないけど、ひょっとしたらひょっとするかもしれない」

「買いかぶりすぎだぜ」

慎平は笑い飛ばした。

「癒しだのヒーリングだの、そんな手垢《てあか》のついた言葉はどっかに置いといて、もっと単純に考えろよ。あれは、たまたまポスターに目をとめた暇人が多かった。それだけの話だ。どうせすぐに飽きて、こんどは植木いじりでもはじめるに決まってんだから。だいたいマーケッターなんてのは、机上の理屈でばっか考えてっから、とんでもない勘違いをしちまうんだよ」

ワインをがぶりと飲み干した。

すると真弓も、おなじように自分のグラスを干し、

「それが地を這《は》う営業を旨とする商社マンの本音ってわけね」

手酌でどぼどぼワインを注いだ。憎まれ口には慣れているはずの彼女も、さすがにかちんときたらしかった。

5

商店街を往復しても、その店は発見できなかった。

店名は「鼎」と記憶している。たしか慎平の父親はそう言っていた。ところが、大小さまざまな店舗が三百メートルほど軒を連ねる商店街のどこにも、そんな看板を掲げた喫茶店は見あたらない。

あれから二週間経っている。その間、突然の不幸にでも見舞われて潰れてしまったのだろうか。仕方なく真弓は、店先を掃除している肉屋のおばさんにたずねてみた。

「ああ、それならここだよ」

肉屋の右隣、狭い間口に木製のドアがついた建物を指さす。

「先週だったか改装して、名前も変えちまったみたいだよ」

言われてよくみると、ドアには間に合わせのように紙切れが貼られ、フェルトペンで「株式会社ごっこ」と書かれている。

好奇心が募って、ここまで足を運んでしまった。電話を入れてから、とも思ったが、気を遣わせても申し訳ないと思い、いきなり訪ねることにした。

会社のスケジュールボードには「姫ヶ丘・調査→直帰」と書いてきた。もちろんこれが直接仕事に結びつくわけではないが、マーケッターという仕事柄、現場を見てみたくなった。というとかっこいいけれど、本音をいえば、仕事にかこつけて好奇心を満たしたかった。

思いきってドアを開けると受付カウンターがあった。その脇《わき》にもう一枚ドアがあって、そこから先がオフィスになっているようだったが、ずいぶんと安手のつくりだった。受付カウンターにしろドアにしろ、学園祭の模擬店を多少グレードアップした程度で、どうみても素人の日曜大工で仕上げたものにしか見えない。

「お約束でございますか?」

受付には蝶ネクタイを締めた白髪の男がいた。

「須河内さんはいらっしゃいますか」

「須河内はただいま会議に入っておりますが、どちらさまで?」

息子さんの婚約者だと告げると、お待ちいただけるならと奥に通された。

受付の先には、広々としたオフィスがひろがっていた。もともとは卓球場だったときいていたが、真弓の年代では、その卓球場を知らない。

フロアには、向かい合わせになったデスクが三列に並び、平均年齢が異様に高い社員たちが仕事に励んでいる。デスクには書類や資料がうずたかく積まれ、その合間には電話機やパソコンが並び、キーボードに向かって熱心に指を動かしている社員たちがいる。ただ、そのパソコンにしろ電話機にしろデスクにしろ、なぜかばらばらな機種なのが奇妙に映った。

社員の働きぶりを眺め渡すように、デスクの列の奥には偉いひと用らしいデスクがあった。その右横は、喫茶店のテーブル席をそのまま使ったとみえる打ち合わせコーナーで、すだれ頭の二人が商談をしている。左手奥にはコピー機とファクスが置かれた脇にドアがあり、「会議室」と書かれたプラスチック板が貼られている。慎平の父親は、そのなかにいるらしい。

隅っこの古ぼけたソファで十分ほど待った。その間にも、オフィスにはひっきりなしに電話がかかってきた。

電話の内容は、仕入れ単価の交渉だったり、出荷ロットの確認だったり、納入期日に関するクレームだったり、商談のアポイントメントだったり、どこの会社でも日常的に交わされている内容の会話だった。

ときどきデスク越しになされる社員同士のやりとりも、出張費精算の催促だったり、発注伝票作成の依頼だったり、業務日誌の付け忘れの指摘だったり、これまたどこの会社でも飛び交っている内容だ。

ただ、そうした会話の合間に、

「タカダさん、それ、ルール違反ですよ」

といった注意が混じることがある。

注意されているのはいつもおなじタカダさんで、歳はとっているけれど、この会社では新人らしかった。

最初は、なぜ彼が注意されているのかわからなかった。が、よくよく観察するうちに、どうやら彼が会社ごっこに浸りきれていないことに原因があるのではないか、と思えてきた。つまり、みんながみんな真剣に社員を演じているのに、彼ひとりだけが遊び半分の態度でいるのだ。

たとえば経理担当が交通費の内訳を質《ただ》すと、

「はいはい、電車が三十億円、タクシーが二兆六千億円、バスは二億五千万円かな」

といった出鱈目《でたらめ》を言って、がはがは笑っている。

これは、八百屋のおやじが百円の大根を「はい百万円」と言ったりするのとは根本的に意味合いが違う。なぜなら彼が口にした出鱈目な金額は、どうせごっこなんだから適当でいいのだ、と勘違いしたうえでの出鱈目な金額だからだ。

それではごっこは成り立たない。子供のままごとですら、お父さん役の子は本気で会社の愚痴をこぼすし、お母さん役の子は本気で亭主を叱《しか》りつけるし、赤ん坊役の子は本気で泣き叫ぶ。ところが、ひとりでも自分の役割に本気でない了がいれば、

「このおままごと、つまんない」

あっというまに遊びは終わってしまう。

ごっこは、あくまでも本物さながらにやるところに意味がある。だからこの会社の社員はだれもがみんな本気で社員になりきり、本気で書類をつくり、本気で正確な金額をやりとりしている。

タカダさんは、その点を勘違いしているのだった。が、そんなタカダさんにさえ目をつぶれば、この会社はまさしく本物の会社だった。だれがどう見たところで、会社以外のなにものでもなく、もしタカダさんがいなかったら、フェイク会社なのだとわかっている真弓ですら本物の会社だと信じてしまいそうだった。

「けっこうな会社になったもんでしょう」

しばらくして会議室に呼ばれていくと、慎平の父親が笑顔で迎えてくれた。

突然の来訪に驚いてはいたが、受付をやっていた蝶ネクタイにコーヒーだフルーツだケーキだと命じて上機嫌で歓待してくれた。

それは、これまで彼女が接してきた慎平の父親とは別人のような人物だった。これほどの威厳と自信と包容力に満ちた彼を見るのは初めてだった。

「結局、喫茶店を乗っとっちゃったってことですか?」

歓迎に乗じて、ついぶしつけな質問をしてしまった。想像していた以上に本物そっくりでびっくりした、とも付け加えた。

須河内は穏やかな笑みを浮かべた。

「いやいや乗っとったなんて、そんな非道をするわけはない。そんなことをしたら、うちの企業理念のひとつ、『馬鹿正直』に反するわけだし」

社員面接で大混乱になった日の晩、桐峰としみじみ話し合った結果、ここまで本格的に展開することにしたのだという。

その晩、須河内と桐峰は「鼎」のカウンターであらためてため息をついた。

「これはけっこう骨ですよ。百人からの応募者の中から選考するとなると」

桐峰はそう言うと缶ビールを喉《のど》に流し込んだ。奥の業務用冷蔵庫でみつけたお店の商品だが、もちろん彼はレジにお金を入れた。

「ただまあ、これだけの反響を呼んでしまったからには、もはや中途半端なことはできませんよねえ」

須河内が苦笑いすると、桐峰が居住まいを正した。

「そこでわたし、昼間からずっと考えてたんですがね。どうです、この際、全員、受け入れちゃいませんか」

「全員ですか？」

「そう、百人なら百人、そっくり全員」

「でも、いきなり百人になったら、さすがにこの喫茶店だって迷惑でしょう」

「いや、逆に喜ばれる方法があるんですよ」

株式会社ごっこに社員登録した人間は、自動的にこの喫茶店の会員となって、毎月決められた額の会費を支払うこととする。出社したときはそれにプラス、飲んだコーヒー代や食べた軽食の代金をその都度支払う。

いわば特殊な会員制喫茶店にすることで、確実に会費を払ってくれる固定客ができるわけで、これなら店側にも、なかなかのメリットがある。いや、なかなかどころか、かなりのメリットがある。

「でも会費まで払って入社する人間がいますかねえ」

「というより、会費を払ってまで入社したい人間だけ採用すればいいわけですよ。それなら面倒な面接選考に煩わされることもないし、またそれだけ本気でやりたい人間が入社するわけですから、より本物に近い会社になるじゃないですか。わたしの考えでは、この縛りをつけることで百人が十四、五人ほどに減ると思うんですがね」

たしかに妙案ではあった。人間、おのれの財布をひらくかどうかに本気の度合いがあであるシステムらわれるものだし、マスターさえその気になってくれれば、すぐはじめられるシステムである点もいい。

「ただし、店側にもそれなりの協力はしてもらいますよ。けっこうなメリットを提供するわけですから、多少は会社っぽい雰囲気づくりをしてもらう。せっかく会費まで払いながら喫茶店に出勤するんじゃ味気ないじゃないですか」

「会社っぽい雰囲気の喫茶店ですか。でもそこまでやってくれますかねえ」

ところがマスターは話をもちかけるなり、それはおもしろい！　と膝《ひざ》を叩き、どうせならこの店をそっくり会社にしちゃいましょうよ、と言い出した。

「じつはわたしもサラリーマンだったんですよ。五十歳になったとき、思うところあって脱サラしてこうなったわけですが、お二人と同年代だからなんでしょうか、会社ごっこを拝見しているうちに、急に会社の様式美がなつかしく思い出されましてね。このまま惰性で流されていくよりは、本気で会社ごっこに浸ってみてもいいかなと思いはじめていたところなんです。で、現実的に考えてみれば、借金して買ったこの店舗も、開店後しばらくの繁盛で自分のものになっているし、年金も貰《もら》えるようになったし、跡継ぎの子供もいない。まあつまりは赤字さえ出さなければ、それでじゅうぶんやっていけるわけで、だったらこの際、思いきってみてもいいかなと」

渡りに船だった。

それならばと、さっそく桐峰が、整理券を配った応募者にパソコンで打った文書を配布した。会社ごっこが会費制になったことを伝えると同時に、これは単なる金儲《かねもう》けのためではなく、ほんとうに理想的な「株式会社ごっこ」をつくるための前向きな措置なのだとアナウンスした。

するとに驚いたことに、会費制という縛りをつけたにもかかわらず、辞退者は一割もあらわれなかった。最終的には百人もの定年退職者が、「株式会社ごっこ」第一期採用社員として喜んで会費を支払ってくれたのだった。

喜ばしくもちょっと困った誤算だった。予想の七倍以上ものひとたちが、自分の小遣いを減らしてでも参加したいと言ってくれたことには感慨深いものがある。が、これでは人数的な絞り込みという当初の目的はまったく達せられなかったわけで、もし毎日全員に出社された日には、ふたたび大混乱の再現となる。

「まいりましたねえ」

須河内もマスターも頭を抱えた。ところが、ここでもまた桐峰が妙案をひねりだした。

「だったらついでに得意先もつくっちゃいますか」

「得意先？」

「ここまで本気でやるからには、商談したり電話をかけたりする相手だってほしいじゃないですか。社員を二つに分けて、片方を別会社の『株式会社得意先』にしちゃえばいいんですよ」

「でもオフィスが」

「探しましょうよ。おなじシステムでやらせてくれる店を探せばいいんですよ。もちろん、マスターみたいに本腰を入れて参加してくれるところは、そうそうはないでしょう。しかし副業的にやってくれる店なら、きっとありますよ」

やけに自信ありげにそう言ったかと思うと、二日としないうちに、ほんとうに得意先会社を引き受けてくれる店を探し出してきてしまった。世の中、その気になればなんとかなるもので、ダメモトで姫ヶ丘駅周辺の店に軒並み飛び込んでまわったところ、一軒の麻雀荘が食らいついてきたという。

かつて高度成長期にはサラリーマンの手近な娯楽として大繁盛した麻雀荘も、昨今のサラリーマンからは見向きもされない。往年のお得意さんも中高年となってからは足が遠のき、いまやすっかりさびれかけている。そんな事情が、良いほうに働いた。

最初こそ警戒されたものの、リスクを負わずに月々会費が入るメリットを説明し、

「今後、麻雀人口は減る一方でしょうけど、高齢者は増加の一途ですから」

と付け加えたとたん、じゃあ昼間だけなら、ということであっさり話がついて、「株式会社ごっこ」の得意先が誕生。社員超過問題は一挙に解決した。

それにしても、桐峰の発想力と行動力には驚かされた。ひとつ壁にぶつかるたびに、

思わぬ発想の転換で、ひょいと壁を乗り越えてしまう。これほどの人材を定年退職という物理的な規定だけで放り出してしまうのだから、定年とは、なんともったいない制度だろう。

しかも桐峰のサプライズはこれだけでは終わらなかった。別会社設立の目途が立ったところで、さらに驚かされる提案をしてきた。「株式会社ごっこ」の社長の座を須河内に譲り、みずからは「株式会社得意先」に移籍すると言いだしたのだ。

「それはいけません、もともと桐峰さんが考えだした会社なんですから」

自分こそ得意先になると須河内が粘ったものの、

「わたしは、本流なんてのは性に合わないんですよ。この際、おたがい、どれだけおもしろい会社に育てられるか競争しようじゃありませんか」

と言い張って譲らない。

これまた意外な展開だった。なにがなんでも本流に食らいつさ、メインストリームを突き進む。それが会社人間の会社人間たる本能でもあるというのに、これがわたしの生き方ですから、と桐峰は平然としている。

ひょんなことから知り合って以来、おたがい現役時代の話はあまりしないようにしてきた。とくに桐峰には、わけあって同居している家族がいない、ときいていたこともあって、須河内は意識して過去に踏み込まないでいた。

が、いまさらながら、この桐峰という男のことを、もっと知りたくなった。いったい彼は、どんな人生をおくってきたのか。できることなら、こっそり覗《のぞ》いてみたい誘惑にかられたものだった。

いずれにしても、こうして、「株式会社ごっこ」の代表は須河内、マスターは相談役、そして桐峰は「株式会社得意先」の代表に就任することで話はついた。

「この勢いでおたがい、いっきに突っ走りましょう」

「突っ走りましょう！」

競争相手ができたことで、会社ごっこは、さらに過熱した。

さっそく須河内は、集まった会費を元手に、相談役のマスターとともに店内改装に乗りだした。といっても基本的に材料費以外、余計な金は使いたくない。そこで受付カウンターや応接室の仕切りなどの内装関係はすべて、日曜大工に凝っている社員を棟梁《とうりょう》に任命して手作りでまかなうことにした。

デスクや椅子は、子供部屋に置き去りにされている息子の勉強机を思い出し、社員の家庭でいらなくなった勉強机を募った。するとまあ出てくるわ出てくるわ、中古家具屋を開業できるかと思うほど机が集まり、オフィスに置いても違和感がないデザインのものだけを選り好みすることができた。

これはいいやり方だと調子にのって、ついでにパソコンも持ち寄ろうということになった。そんな高価なものが集まるのか、という声もあったが、これまたぞろぞろと驚くほどの数が集まってしまった。昨今のパソコンブームで買ったはいいけれど、使いこなせないまま放りだしてあった。いやそれどころか、ダンボール箱も開けない新品のまま埃《ほこり》をかぶっていた。高齢者の家庭には不遇なパソコンがいかに多いか、はからずも実証するかたちとなった。

だったらほかにもいろいろあるだろうと、社員の家庭内死蔵品をきめ細かくチェックしていったところ、書棚やら電話機やら文具やらといった備品もすべて調達できてしまった。ここまできたらファクスやコピー機も中古の再利用にかぎると、ニュータウンの外れにあるショッピングセンター内の安売家電店に交渉してみた。するとこれまた幸運なことに、購入客から下取りと称して引き上げてきたものの粗大ごみに出すほかないという中古品をただでもらうことができた。

「粗大ごみにしかならないっていっても、ちゃんと使えるじゃないですか。不景気だなんだといっても、つくづく日本は裕福なんですねえ」

見事に完成した死蔵品リサイクルオフィスを眺め渡しながらマスターが呆れていた。

須河内としても、こうした死蔵品をトラックで集めてまわってリサイクル大型ショッピングセンターでもつくれば、けっこうな商売になるんじゃないかと真剣に考えたものだった。

「だけど、ほんとに、どこから見ても会社そのものですよねえ」

慎平の父親の話に耳を傾けていた真弓は、あらためて驚嘆の声をあげた。なにしろ喫茶店当時の面影といったら、いまや打ち合わせコーナーのテーブルと椅子ぐらいしかないのだから感心してしまう。

慎平の父親が楽しくて仕方ないといった様子で言った。

「それはもう会社とはどんなところか、そのすべてを知りつくした人間ばかり集まっているわけだからね。本物より本物らしくしようと、みんな夢中になってやってるよ」

オフィスが完成したところで、取り扱い商品を「食材」と決めた。食材を選んだのにはさしたる理由はないのだが、とりあえず、日々相場がいちじるしく変動する点が仕事のおもしろみにつながるのではないかと考えた。

さらに須河内と桐峰の会社それぞれに、資本金や資産や負債額を適宜設定した。貸借対照表や損益計算書や総勘定元帳といった基本的な経理帳簿もひととおり仮想で組み立てた。そして、でっちあげたすべての数字をこの会社の初期値とすることで経営を再スタートさせた。

「だけど、いざはじめてみて、びっくりしてねえ。仮想の会社とはいっても、オフィスでの仕事自体は、本物の会社とまったく変わらないんだから」

「ほんとですか？」

真弓は笑った。いくらなんでも本物とまったく変わらないわけがない。

ところが慎平の父親は真剣だった。

「信じられないだろうが、ほんとの話なんだなあ。つまりは」

そのときドアがノックされた。

「社長、例の打ち合わせなんですが」

白髪がすだれ状態になっている社員が、申し訳なさそうに顔をだした。

「おお、すまんすまん」

慎平の父親が謝っている。真弓はあわてて立ち上がった。

「すいません、突然おじゃましちゃいまして」

「いや気にしない気にしない。そうだ、ちょうどいい機会だ、きみもちょっと打ち合わせを見学していったらどうだ。この会社の実体がよくわかると思うから」

真弓を押しとどめると、どれ、すぐはじめようか、と待ちかねている社員たちを会議室に招き入れた。

6

「まずは先月の売上月報なんですが」

　会議室のソファに座るなり、すだれ白髪社員が書類を差し出した。

「アンチョビに関しては、前月比三パーセント増と、まあそこそこの推移といっていいと思うんですが、ただキャビアが二百飛んで八の赤、ちょっと痛かったですね」

「ユーロの軋《きし》みが、てきめんに波及したってとこかな」

　須河内社長は黒縁眼鏡を外して書類に見入る。

「まあ、ここ二、三年は揺れ続けるんじゃないでしょうか。ベルギーを経由させて船便に載せる手もあるにはあったんですが、得意先がどうしても二十五日納品にこだわるものですから」

「ロットにかまわず、納品日だけは詰めてくると。まあ毎度のことだが、ちょっと図に乗ってるのかもしれんなあ。どうだ、近いうちに一発、かましてみちゃ。見積りに地雷でも埋め込んで」

「それですと、うちの企業理念に抵触する恐れが」

「おお、そうだったそうだった」

照れ笑いする社長。

「それに、こっちとしても先々月の借りもあるわけですし」

「地中海の赤潮か？」

「はい、加工物だけで五百やられたって言ってました」

「しかし、あれはうちの落ち度じゃないだろう。先方だってそれを承知で発注したわけで、文句を言われても筋違いってもんだ」

「でしたら、この際、ビネガーとの等価バーター、その線で攻めるというのは？　ビネガーが絡めば、むこうさんだって強気には出られなくなりますし」

「よし、それでいこう！」

社長の一声に、すだれ白髪社員は大きくうなずくと、すかさず二枚目の書類を提示して、

「で、つぎはシンガポールドルの動向ともリンクしてくるんですが」

もう二番目の話題に移っていた。

春川真弓は、わけがわからないまま、ただただ二人の話にききいっていた。ついさっ

き、取り扱い商品は食材に決めたと説明されたが、どうやら世界各国の食材の輸入卸しをやっているらしい。

それにしても白熱した打ち合わせだった。元喫茶店の手作りオフィスで、まさか世界情勢を睨《にら》んだ商取引を展開していようとは思ってもみなかった。なにしろ社長にしても社員にしても百戦錬磨、筋金入りのビジネスマンだ。丁々発止でやりとりしているうちに、つぎつぎに懸案事項が片づいていくさまは、なかなかに痛快だった。男のビジネスの現場に立ち会っている。そんな臨場感がひしひしと伝わってくる。

だけど、そうだ、そうだった。そこまで考えたところで真弓は現実に立ち返った。つい本気でのめり込んでしまったけれど、いまの打ち合わせもすべて、ごっこのうちじゃないか。

最初にオフィスに入ったときも、それなりに驚いた。が、ここまで本物さながらの仕事ぶりを目の当たりにさせられると、これはもはや、ごっこなんていう幼稚な次元のものではないという気がしてくる。

打ち合わせはさらに進んだ。

「とりあえず条件面では、ドル建て決済一本槍《いっぽんやり》で煮詰めていこう」

「ただ、ウォンの乱高下が気になるところですが」

「千や二千は覚悟の上だ。いざとなったら、わたしが責任をとる。ここは勝負どころだ、じっくり腰を据えて」

「いっきに突き崩しにかかると」

「そういうことだ。ここはひとつ、どーんといってくれよ、どーんと！」

最後に社長が発破《はっぱ》をかけたところで、それでは、と、すだれ白髪社員が立ち上がった。どうやらそれで打ち合わせは終わったようだった。すだれ白髪社員が一礼して会議室を出ていく。

真弓も軽い会釈とともに見送り、ドアが閉まるのを待ちかねたように、

「びっくりしちゃいました。おっしゃってたとおり、本物の会社とまったくおんなじじゃないですか」

率直な感想を口にした。慎平の父親が、うれしそうに笑った。

「そうなんだよ、ほんとにまったくおなじなんだ」

「これなら、お義父さんたちが夢中になるのもわかります。だって、これってもう、ごっこっていうより究極のシミュレーションものじゃないですか」

「シミュレーションもの？」

「ゲームソフトのジャンルで、シミュレーションものってあるじゃないですか。プレイヤーが市長になって都市を運営していくゲームとか、土地を売り買いして大金持ちになっていくゲームとか、その手を思いっきり現実とクロスさせて、しかも本物の人間を使

ってやっている。まさにそんな感じがして」

「うーむ」

さすがにゲームの話にはついていけないらしい。真弓は言い方を変えた。

「ですから、言ってみればテレビ画面の中だけじゃなくて、現実の空間で、現実の人間が動き回って、現実の会社を実物大でシミュレーションしている。本物のおもしろさを、本物そのままに体感できるクローン装置になっているっていうか」

「なるほど、たしかにクローンかもしれない。本物のオフィスで仕事しているときにしても、いまや金や商品なんてものは、コンピュータの画面上にあらわれた数字や文字でしかない。それを見ただけでは本物かどうか判断などつかないし、また実際、そんなことを意識して仕事している人間も、まずいない。その意味からすれば、たとえ金と商品が仮想であろうが数字と文字をやりとりする仕事自体は、まったくおなじ。フェイクだろうが本物だろうが、まさに見分けのつかないクローン同士といっていい」

したがって逆に現実の世界では、社員が何十億と横領していたのに何年も発覚しなかった、といった事件も近ごろは簡単に起きてしまう。それも結局、数字や文字さえ正しければ、金も商品も実在すると、だれもが信じてしまうからだ。

現実の金や商品を目の当たりにして商売していた時代と違って、デジタル化が進んだ今日においては、コンピュータに入出力された数字や文字が、実在の金や商品に直結していると信じて売り買いしているにすぎない。つまり、そうした時代の進化が、フェイクと本物の境界線をなくしつつある。

「だからみんなフェイクだということも忘れて、本気で熱中できてしまうわけですね」

「まあ、無理に理屈をつければ、そういうことかな」

慎平の父親が微笑んだ。それは、いま自分たちがやっていることに心の底から満足している、という誇らしげな微笑みに見えた。

「これって、きっと盛り上がりますよ」

真弓は言った。

「ていうかあたし、いま確信しちゃいました。これって絶対、ものすごいことになると思います」

勢い込む真弓に、将来の義父は眼鏡の奥の目を細めて、もういちど微笑んだ。

7

息子の須河内慎平は、現実の見積書に悪戦苦闘していた。

業界八番手という、微妙な位置づけにある中堅商社に就職して七年。ようやく一人前として見なされるようになったせいか、近ごろは、やたらとしんどい仕事ばかりが振られてくる。

会社がきつい時期だということはわかっている。この不況下、そうそう楽な仕事はないということも重々承知している。が、それにしても、慎平ばかりが貧乏くじを引かされて、しないでもいい苦労を背負わされている気がしてならない。

この見積書にしても、最初に提出してからもう八度目のやり直し。がたがた文句をつけられるばかりで、それで本契約がとれるかといえば、その確証もない。なんでこんな会社ばかり担当させられるのかと、いいかげんうんざりしてくる。

おれは会社にとってなんなんだろう。ここにきてよくそんなことを考える。父親譲りの妙な頑固さのおかげで、いちど取り組んだ仕事は、ちょっとぐらいのトラブルに見舞われても、じっと我慢して頑張り通してしまうのだが、それが裏目に出ているような気もしないではない。

「でもそこがきみのいいところなんじゃないか」

課長はそう言って励ましてくれる。けれど、じつのところは課長にしても、そんな慎平の性格をいいように利用しているだけの話ではないのか。ついつい、ひがみっぽいことも考えてしまう。

慎平の独立志向が急激に高まった背景には、そうした会社の自分に対する扱い方も大いに影響している。どうせ利用されるんだったら、自分の理想をつかむために自分を利用したほうが、よっぽど精神衛生上いいじゃないか。

そんな思いにかられてカリカリしていると、

「フォルテ・コーポレーションの二谷《にたに》さんからです」

外線がまわされてきた。一瞬、まずい、とあせって課長の顔色をうかがった。が、課長は運よくべつの電話に出ているところで、こっちに気づいているようすはない。

「どう、今夜、ちょっと会えない？」

外線ボタンを押すと、受話器の外にも漏れきこえるほどの大声が響いた。

「また急ですねえ」

「なに、小一時間ほどだって。ちょっと相談にのってもらうだけなんだからさ」

フォルテ・コーポレーションは、数年前から取引をはじめた新参の得意先で、二谷はそこで社長をやっている。

社長といっても、まだ三十代後半の若さ。五年前に、「マイホームまるごと半日クリーニング」を謳《うた》い文句に、新機軸のハウスクリーニング事業を創業した。

ハウスクリーニングは時間も金もかかる、というのが、かつての常識だった。それを二谷社長は、清掃作業の効率化、マニュアル化をはかることで、わずか半日という短時間で大掃除してしまう独自のパッケージ商品を開発。しかも、それまでの業者の半値という超低価格戦略で市場に攻め入った。

これがウケた。それでなくても長い不況が続いている昨今、日本人の目は、外よりも内に向いている。ガーデニングのブームしかり、家庭でのワイン消費量の増加しかり、家の中で、いかに快適に過ごすかが大きな関心事になっている時代とあって、まずは主婦のクチコミに火がついた。

当初こそ鉄工所の二階に間借りし、社長みずからモップ片手に奮闘していたというのに、二年目には都内三か所に直営チェーン店を開設。同時に、もっとも汚れやすく、もっとも掃除が面倒なキッチンまわりを重点清掃する、さらに低価格の「キッチンぴかぴかパック」を登場させ、これで一挙に人気が爆発した。

おかげで、その後は倍々ゲーム。都内から首都圏、首都圏から関東甲信越と、積極的にチェーン展開をはかり、瞬く間に東日本を制してしまった。

さっそくマスコミが飛んできた。ベンチャー企業訪問、気鋭の起業家インタビュー、といった新聞や雑誌の記事に、つぎつぎにとりあげられた。そして、気がついたときには清掃業界の風雲児として、業界のみならず各界の注目を集めるまでになっていた。

こうした急成長ぶりに、いち早く目をつけて食い込んだのが、慎平の会社だった。ねばり強さと仕切りのよさを武器に着実に得点を稼ぎ、いまでは洗剤、ワックスからモップやダスターにいたるまで、各種消耗品の調達納入を一手に受注している。

その初代担当者が慎平だった。

当時は、会社としても慎平自身としても、この手の新興会社と付き合うのは初体験だった。それだけに試行錯誤の連続で、二谷社長からは、なんやかやと無理難題を吹っかけられた。が、なぜかその対応ぶりが気に入られたらしく、なにかというと須河内須河内と呼び出されるようになった。

まあ認められたといえば認められたわけで、その意味では喜ぶべきことではある。ただ、その後、二年ほどで慎平は担当から外れた。にもかかわらず、引き継いだ現在の担当者を差し置いて、あいかわらず二谷社長直々にコンタクトをとってくるものだから、社内的にはいささか軋みが生じはじめた。

「須河内のやつ、現担当を無視して、どういうつもりだ。成り上がり社長に取り入って、ひとり、うまい汁でも吸おうって腹か」

そんな陰口を叩かれることもしばしば。いわば出世競争に敏感な同僚たちの妬《ねた》み、やっかみにすぎないのだが、それでも、そんな噂がひろがるにつれ、社内の人間関係もぎくしゃくしてくる。おかげで最近では、見かねた課長から、ほどほどにしとけよ、と忠告までされるようになった。

だが、結局は今回も二谷社長の誘いを断わりきれなかった。

また悪い評判が立つんだろうなと思いつつも、午後七時には会社を出て、四谷荒木町にひっそりとたたずむ割烹《かっぽう》料理屋まで足を運ぶはめになった。

「どうだい、その後の心境は」

二谷社長と奥の座敷で差し向かいになった。柔道で鍛えた大柄な体軀《たいく》に、これみよがしのブランドスーツを着込んだ社長が床柱を背負っている。

この座敷は彼が好んで密談に使う場所のようで、気さくなカウンター席とテーブル席を抜けた奥の院に隔離部屋のようにしつらえてある。店の人間も、呼ばないかぎりあらわれないことになっている。

「そろそろ決断してくれねえかな。こっちじゃ空席のデスクが埃かぶったまんまなんだからさあ」

さっそく、毎度の挨拶《あいさつ》がわりになっている話題を振られた。うちにきてくれないか、という引き抜き話だ。

そのたびに慎平は、いやあ、と笑ってごまかす。すると二谷社長は、まあ考えといてくれるかな、と念押ししてから、つぎの話題に移っていく。それがいつものパターンになっている。

ところが今回にかぎって違う展開になった。いやあと慎平が笑ったにもかかわらず、二谷社長は話題を変えない。

「じつはさ、おれもいろいろと考えてみたわけよ。はっきり言って、須河内くんがあの会社を辞めたがってることぐらい、おれにだって察しがつく。で、まあ自惚《うぬぼ》れてるわけじゃないが、おれやおれの会社が嫌われてるんじゃないっていう自信もある。なのに、なぜ誘いにのってくれないのか、それがずっとわかんなかったわけよ。けどさ、おれも迂闊《うかつ》だったよ。やっとこさ気づいたよ。ようするにきみも、むかしのおれみたく、自分で独立すること以外、まったく眼中にないってわけだ。そうだろ?」

慎平の反応をうかがうように、目線は外さずに升酒を口にすると、週に一度は散髪するという短髪をがりがり掻いた。

慎平はポーカーフェイスを保ってはいた。が、もちろん図星だった。

再三にわたる二谷社長の誘いに心揺れないこともないではなかった。誘いに乗ってくれれば部長に抜擢《ばってき》してもいいとまで言われているのだ。が、それでもやはり、会社を移るぐらいなら独立したい。それが、このところずっと変わることのない慎平の本音だった。

「そこでだ、おれとしてもいろいろと考えたんだが、たとえば、こういう話だったらどうだろう。おれが資金を用意する。その資金でもって須河内くんは独立する。これならなんの問題もなかろうが」

思いがけない提案だった。

「でもそれだと」

「雇われ社長として、いいように使われちまうってか?」

「いえ、べつにそういうわけじゃ」

「金はだすが口はださん! それは保証する。出資金さえきっちり回収できるのであれば、あとはもう、すべて須河内くんの意志で決断して、須河内くんのリーダーシップで統率してもらえばそれでいい。いわば完全なる独立採算事業としてやってもらうわけだ。ただ、ひとつだけ条件をつけさせてもらいたい。独立採算ではあるけれど、須河内くんの会社には将来的にもずっと、フォルテ・コーポレーション・グループの会社でいてもらう。それさえ確約してもらえれば、ほかには、なにも足枷《あしかせ》はつけない。これだけは確約する」

慎平は黙っていた。あまりにもおいしすぎる話だと訝《いぶか》っていた。

するとまた二谷社長が先回りして言った。

「こんなおいしい話、あるわきゃないって心配してんだろ?」

「それは」

「いやわかる。もしおれが須河内くんでも、そう思ったはずだし、実際、おれだって慈善事業家じゃない。はっきり言えば、おれにもメリットがあるから、こうして提案してるわけでさ。じつはおれにはひとつ、いまの会社で成功する前から考えていたことがある。ひとくちで言っちまえば、これからは単体のワンマン会社が巨大化したところで生き残っていける時代じゃないってことだ」

たとえば情報システムを例にとってみればよくわかる。

かつて情報システムの世界では、超高性能の大型ホストコンピュータをどんどん装備して、そこから末端に向けて無数の手足を延ばすことで、すべてを支配管理する方式がとられていた。

ところが、そのやり方にはひとつ、致命的な欠点があった。もしホストコンピュータの中枢が狂ったら最後、末端の隅々にいたるまで、まるごと全部のシステムが狂ってしまうという欠点だ。

そこで生まれたのが分散型システムという考え方だ。小粒ながらそこそこの性能のコンピュータを配した各拠点を、きめ細かなネットワークで結びつける。その有機的な結合の拡大によって、最終的には巨大な情報システムをつくってしまおうという、それまでのやり方を根本から変革する発想だった。

これなら、たとえひとつの拠点が狂おうが、システム全体がいっぺんに影響をうけることはないし、また万が一全体に悪い影響を及ぼすようなら、その拠点だけ差し替えてしまうことだってできる。

今日、情報システムネットワークが飛躍的な成長を遂げた裏には、こうした大きな発想の転換があったのだ。

「会社にしたって、おなじことなんだな。単純な経済構造のもとで経営が成り立っていた時代ならいざ知らず、いまや世界中の金融経済が複雑に絡み合い、たがいに連鎖反応を引き起こしつつ蠢《うごめ》いていく時代だ。ワンマン会社をいくらでっかくしたところで、贅《ぜい》肉《にく》に邪魔されて自分じゃ掻くこともできなくなった背中をわさわさ押されて、ずでーんと倒れちまう」

ワンマン会社自体が悪いわけではない。しかし、ワンマン会社は、そこそこの規模においてしか成立しえないということだけは、しっかり認識しておかなければならない。そのうえで、もしそれ以上の規模を望むのであれば、〝分散型ワンマン会社ネットワーク〟を構築すべきである。

これが、ハウスクリーニング会社を創業した当初から二谷社長が思い描いてきた青写真なのだという。

「まだちっぽけな事務所で四苦八苦してた当時から、おれはすでに、そんなどでかい発想をもっていたわけよ。これからの経営者は、だれだってそのぐらいの発想をもてなきゃ話にならないわけで、それは、これから独立しようっていう須河内くんにしたっておんなじことなわけよ。だから、いまこそ、いっしょにはじめようと言ってるんだ。分散型ワンマン会社ネットワーク構築の第一歩として、須河内くんに、まったく違う業種の会社を興してほしいんだよ！」

思わず慎平は目を伏せた。

なかなか説得力のある話だったし、話自体はわからないではなかった。が、それでもまだ、ひとつわからないことがあった。

その分散型ワンマン会社ネットワーク構築の第一号として、なぜ一介の若手商社マンでしかない慎平が選ばれたのか。

その疑問をストレートにぶつけてみた。

「そりゃもちろん賭《か》けだ！」

二谷社長は、ばしんと座卓を叩いた。升酒の液面が細かく波立った。

「須河内くん、きみは会社で、やたらしんどい仕事ばかり回されてくると感じたことはないか？　いや、あるはずだ。なぜならきみは、やたらしんどい仕事を回したくなるツラをしているからだ」

「そんなツラしてますか？」

慎平は苦笑した。

「してる。まあこれは、おれならではの人物鑑定法なんだが、成功するやつは、みんなそういうツラをしてるわけよ。だから、初めてきみがおれの会社の担当になったとき、こいつだ！　と思った。で、その瞬間、そんなきみのツラに、でっかく賭けてみようと決意した」

「そんな簡単に賭けないでくださいよ。勝負だけが人生じゃないんですから」

頭を掻いてごまかした。まだ慎平には乗りきれないものがあった。そう簡単に乗せられてたまるか、という気持ちもあった。

すると二谷社長の目がふっと宙に浮いた。どこを見るでもなく、なにかを思い起こそうとでもするように視線をさまよわせていたかと思うと、ため息をつくように言った。

「十一のときだったよ」

目線はまだ宙にあった。

「親父につくか、お袋につくか、三分間で決めさせられた。それが、おれの人生最初の勝負だった」

以来、二谷社長の人生は、つねに一か八かの勝負だった。

母親側についたものの、貧窮生活に苦しむ母親を見かねて、中学を出てすぐ一旗揚げようと上京して勝負をかけたが、なにをやっても泣かず飛ばず。

バイトで貯めた金を元手に、移動式ピザ屋をやった。健康衣料の通販もやったし、モツ鍋食べ放題店もやった。人材派遣業にも取り組んだし、ナタデココも輸入した。子役専門芸能プロも手がければ、アイドルビデオの安売りチェーンもつくれば、リトグラフのレンタル業にも挑戦してみたが、結局のところは連戦連敗。

あらゆるものに勝負をかけて、あらゆるものに敗北して、それでもめげずにビル清掃の現場で働きはじめて身につけたノウハウからヒントを得て、背水の陣で創業したいまの会社が大ブレイクした。

「これだけ勝負して、やっと勝ったんだ。負けて負けて負けて負けて、やっと勝ちをつかみとったわけよ。それにひきかえ須河内くん、きみはいったい、どれだけの勝負をしてきたというんだ」

あらためて目線を合わせてくる。

正直、返す言葉がなかった。二谷社長が苦労人だということは、もちろん知っていた。しかし、まさかこれほどの苦労をしてきたとは思っていなかっただけに、ただただ圧倒されていた。

「おれはすでに勝負に勝った人間だ。それでもなお、きみという人間に新たな勝負をかけようとしている。この気持ちに、なぜ応えてくれないんだ。おれはきみに賭ける。きみもおれに賭ける。たがいに賭けて賭けられて、五分と五分。まったく互角の勝負だろうが。いいか、事業はチャンスをどうつかむかなんだ。舞い込んだチャンスを逃さず、いかに勝負にでるかで、すべてが決するんだ」

慎平を睨みつけると、

「とりあえず、一か月だけ猶予をつけよう。しかし、それが過ぎたら、この話はなかったことにする。まったくの白紙に戻す。だからいいか、このチャンス、逃すなよ。絶対に逃しちゃだめだからな！」

8

「泊めてくれる?」

夜中になって突然、春川真弓がやってきた。

自宅まで帰るのが面倒臭くなったという。慎平もいましがた帰宅してシャワーを浴び、寝酒の缶ビールを飲みはじめたところだった。

「どうしたんだよ、電話の一本もよこさなかったくせに。ここんとこ何度も留守電入れてたんだぜ、きいてねえのかよ」

成田に母親を迎えに行って以来だから、音信が途絶えて一か月にもなる。

「ここんとこボランティアはじめちゃったもんだから忙しいのよ」

ため息まじりに言うなり慎平の缶ビールを奪いとって喉に流し込む。

「なんだよボランティアって」

「ちょっとね」

「どっかのやさ男の面倒をみるボランティアじゃねえだろうな」

「ある意味当たってるかも」

「勘弁しろよな。いまさら婚約解消はごめんだぜ」

「そんなんじゃないって。お義父さんの会社ごっこを手伝ってるだけ」

このところは仕事が終わると毎晩のように、会社ごっこの残業の手伝いに行っているのだという。

「マジかよ」

慎平は缶ビールを奪い返した。

「けど会社ごっこ、すごいことになってるんだから。支社もどんどんできちゃってるし」

「支社？」

慎平は吹き出した。が、冗談でもなんでもないという。その後、父親たちのフェイク会社はつぎつぎに支社を開設し、いまでは姫ヶ丘ニュータウン周辺だけで三つもあるらしい。

「とにかく、入社を希望する定年退職者が増える一方なの。噂が噂を呼んで入社したいっていう電話が引きも切らなくなって」

かといって、元喫茶店オフィスで面倒を見られるのはせいぜい五十人ほど。物理的には、それが限界だった。

なにしろ、いずれも熱心な会社信奉者だ。五十人なら五十人が毎日、ひとりとして欠けることなく出社してくるものだから、外回りの社員が疑似営業や疑似出張に出かけるまでの朝の時間帯は、腰を下ろす場所もないほどで、閑散としていた喫茶店時代が嘘のように、白髪や禿げ頭の六十代で満員御礼状態になっている。

仕方なく急遽《きゅうきょ》、その時間帯は朝礼をやることにして、全社員が立ちっぱなしでも不自然ではない状況を演出した。

それでも、ついうっかり管理職の訓辞が長引いたりした日には、立ちっぱなしに耐えきれず卒倒する社員が続出した。これには慌てた。なにしろ、ただでさえ若いころからの激務がたたって体にガタがきている社員ばかりだ。このままでは入院騒ぎすら起きかねないと危惧《きぐ》して考えた末に二交代制を採用。一日二回の出勤時間を設定して、人口密度を緩和する措置をとった。

仕事用のデスクにしても、とても人数ぶんは置けない。そこで週ごとに抽選をおこない、デスクワーク組、外回り組、出張組の三班に社員を分割。三日ごとのローテーションで回転させ、ついでに、なにかと取り合いになるパソコンや電話機についても、おなじようにローテーションシステムを採用した。

こうした涙ぐましい努力にもかかわらず、入社希望者は、さらに増え続けた。このままでは朝礼で将棋倒しの死者がでたところでおかしくない。そんな冗談まで飛びだすに至って、ついに社長が英断を下した。

この際、さばききれない社員をうけいれる支社を開設して不測の事態を回避しよう、と。

「で、お義父さんから相談されたのね。あたしの会社に電話をかけてきて、どこかにタイアップしてくれる店はないだろうか。マーケティングの仕事をしてるなら詳しいだろうって」

そのとき真弓は、こうアドバイスした。

「いまいちばん過当競争に直面しているのは、コンビニとイタリア料理店とレンタルビデオ店。もっと大きなスペースがよければカラオケボックスとパチンコ店も狙《ねら》い目かもしれません」

これが彼女が首を突っ込むきっかけになった。アドバイスした責任上、つい心配になって現地の視察にでかけてみると、視察をはじめて一時間もしないうちに偶然にも、昨年開店したばかりだというのに青息吐息で喘《あえ》いでいるコンビニがみつかった。

一日七十万円の売上は固い、というフランチャイズ本部のすすめで、三代続いた酒屋からコンビニに転業した。ところが、開店して一年も経たないうちに百メートル圏内に競合チェーンのコンビニが二店も進出。立地的に不利になったこともあって、とたんに客足がぱったり途絶えたという。

「こうなったら、日銭の稼げるラーメン屋にでもまた転業しようよって、かあちゃんは言うわけよ。けど、そうすっと、また借金が増えちゃうわけじゃない。もうほんと、どうしようもないわけよ」

初対面の真弓相手にひたすら嘆き節の店主に、それならばと話をもちかけたところ大いに興味を示してくれた。

そこで彼女は会社に帰って再転業した場合の収支を試算した。

収入は毎月の社員会費、出勤した社員五十人が毎日何回か飲む喫茶代、ランチタイムにコンビニ時代のノウハウを生かして販売する弁当代。支出のほうは、もともと店舗は自前だし、内装や什器《じゅうき》は本社とおなじように日曜大工と持ち寄りで対処するから改装費はほとんどかからない。

あれこれ計算してみると、大儲けはできないまでも赤字コンビニ時代よりはよっぽどましな経営ができることが判明した。これはもう願ってもない。すぐさま店主に試算表を見せにいくと、あんたは女神だ天女様だと大喜びして第一号文社開設に同意してくれた。

この成功が引き金になった。

店側はもちろん、窮屈な思いをしていた社員たちも大喜びしてくれるのだから、こんないことはないじゃないかと意気上がる社長に背中を押されて、真弓は第一号支社開設の経験をもとに『支社開設マニュアル』を作成。さっそく社長やマスターと手分けして姫ヶ丘の街を歩いてまわったところ、これまた話はとんとん拍子。あれよというまに三つの支社を開設する目途がついてしまった。

「もうどれだけ社員が増えようが大丈夫だ」

これには社内中が湧き立った。

「こうなったら定年退職者そっくり面倒みてやろうじゃないか！　行けるところまで行ってやろうじゃないか！」

話はさらに盛り上がり、社員募集を大々的に再開した。

この「株式会社ごっこ」の躍進ぶりを耳にして燃えたのが、桐峰が率いる「株式会社得意先」だった。

「そっちがその気なら、こっちも支社開設だ！」

負けてはならじと発憤して、

「どうせやるなら支社二ケタ作戦だ！」

企業理念の「絵空事」を地でゆく一挙十支社開設をぶち上げ、ついにフェイク会社ネットワークの高度成長時代がスタートしたのだった。

「だけど、いくらなんでもそんなにたくさんできたんじゃ、社員になる定年退職者だって足りなくなるんじゃないか？」

　黙って真弓の話を聞いていた慎平が口をはさんだ。早くも三本目の缶ビールを手にしている。

「それはもちろん、姫ヶ丘ニュータウンだけじゃ人材不足になるわよ。だからその後は思いきって、近隣地域はもちろん他県のベッドタウンにまで支社開設エリアを拡げたわけ」

　広範囲のエリアにネットワークを拡大すれば、たがいに出張し合ったりもできて、もっと楽しくなるじゃないか。そんな副産物も期待して、手はじめに神奈川県のベッドタウンにアタックしてみた。

　すると思ったとおり、神奈川県でもつぎつぎに定年退職者が手を上げて、続々と入社希望者が集まってきた。と同時に不景気と過当競争に喘いでいるコンビニや麻雀荘、喫茶店、レストランといった店もこれまたつぎつぎに掘り起こされ、フェイク会社ネットワークはさらに拡大していった。

　ならばわれわれはこっちだと、桐峰の「株式会社得意先」は埼玉県のベッドタウンに手を伸ばした。

　東京都下にしろ神奈川にしろ埼玉にしろ、地域は違っても首都圏経済を担ってきたサラリーマンの終着地であることに違いはない。おなじように会社人生を歩み、おなじように定年を迎え、おなじような鬱屈《うっくつ》を抱えていた高齢者が、行き場のない退屈な日常に悶々《もんもん》としているはずだと睨んだわけだが、案の定、生け簀《いけす》に投網《とあみ》をかけたごとくごっそり引っ掛かってきた。

これなら千葉もいける。

当然ながらそんな意見も飛び出して、さっそく社員を派遣してみた。すると驚いたことに千葉にはフェイク会社が独自に誕生していた。

「すでに別組織が動き出してたってことか?」

「そう。お義父さんたちの活動が風の噂で伝わったらしくて、柏市周辺の元サラリーマンたちが『柏ごっこ株式会社』っていうのを立ち上げてたんだって」

「すごいなあ」

「すごいでしょ。しかもその動きは、フェイク会社が新たに進むべき道を示してくれた出来事でもあったの。つまり、これまでは『株式会社ごっこ』と『株式会社得意先』の二社だけの単純な構造で動いていたフェイク社会が、多社化によって、より現実の企業社会に近い構造で動くようになった」

これでさらに勢いがついた。こうなったら支社網拡大の推進だけでなく、フェイク会社の運営ノウハウをひろく公開して、より多くのフェイク会社が設立されるよう働きかけていこう、ということになった。

いわば独立系とでも言うべきか、単独のフェイク会社とも緊密に連携することで、これまでにも増してリアルでスケールの大きなフェイク仕事を楽しもうというわけだ。

「やるもんだなあ」

「おもしろいことになってきたでしょ。この前、お義父さんが一大ムーブメントって言ってたけど、これって実際、すごいことになると思う。マーケティングの仕事をやってるとよく経験することなんだけど、こういうのって、いちど燃え上がったら、あっというまなんだから」

「たしかに、いまどきたいした発展ぶりだよな」

「あたしが入れ込んでる気持ちもわかるでしょ」

「わからないじゃないけど、だけどなあ」

慎平は唇を尖《とが》らせ、缶ビールの缶をくしゃりと潰した。

「だけどなによ」

「それって組織拡大ごっことしてはおもしろいかもしれないけど、でも結局はみんなの年金とかから持ち出しでやってるわけだろ?」

「もちろんそうよ」

「で、真弓にしてもボランティアなわけだ。たかがごっこ遊びに、いい大人が揃《そろ》いも揃って、よくそこまでやるよな」

「そんな言い方はないじゃない。たかがごっこって言うけど、これって将来的にも大きな意義のあるプロジェクトだと思うんだよね。だって別の見方をすれば、どうやったら理想の会社をつくれるかっていう原寸大のシミュレーションでもあるわけじゃない？企業理念に則して、社員一丸となってダイナミックな商取引に挑んで、その成果がきちんと数字で評価されて、その結果、さらに会社が発展したり衰退したりする。まさに原寸大のシミュレーションじゃない」

「う一ん」

「これはお義父さんとも話したことなんだけど、ビジネスは人・モノ・金・情報で動いているってよく言われるけど、フェイク会社は人・モノ・金・情報のうちモノと金は仮想にして、人と情報だけで本物さながらに動いてるわけ」

いわばモノと金のリスクを背負わずに、しかしリアリティをもって働くことができる。それによって、みずからの長年の会社体験を振り返りつつ、理想の会社像を追い求めていくことができる。

「これって今後の企業社会にとっても、すごく意義のあることだと思うの」

これまで会社は、社員たちが蓄積してきたノウハウを、定年という制度によって断ち切ってきた。ひとりの人間が四十年なら四十年培ってきたものを退職金とともにぽいと捨て去ってしまっていた。

しかし、フェイク会社という受け皿が生まれたことで、すくなくともそうしたノウハウが捨て去られる無駄はなくなる。と同時に、そうしたノウハウをもとに運営されているフェイク会社は、次代の会社を担う若い世代にとっては貴重な教材ともいえる。なにしろそれはまさに四十年かけて培ったノウハウをそっくり注ぎ込んだ「会社の集大成」なのだから。

一方で、定年退職者にとっても、これほどやりがいのある仕事はない。老後の楽しみでやっていることが、自分たちが蓄積してきたノウハウの伝承につながるのだから。

もちろん、彼らにはまだそこまでの認識はないのかもしれないけれど、そうした側面についても気づきはじめている。

「だからみんな、あそこまで燃え上がれるんだと思うのね。その意味でも、これって画期的な高齢者福祉事業だって思うの。次世代への提言者になるという役割が高齢者に与えられるとなれば、高齢者にとって、これほどの生きがいはないし、老いに直面した高齢者にとって生きる励みにもなると思うのね」

真弓の言っていることは、わからないではなかった。フェイク会社を買いかぶりすぎているところもないではないが、たしかに、彼女の言うような意義もあるのかもしれない。

が、そうは思ったものの、慎平は反発したくなった。これでもマーケッターなのよとばかりに、したり顔で語る彼女を見ているうちに憎まれ口を叩いてやりたくなった。

「まあ、たしかに画期的かもしれない。とくに潰れちまいそうな麻雀屋だのコンビニだのにとっちゃ大画期的だ。今後ますます増え続ける年寄りから金を巻き上げる絶好のアイディアだって大喜びしてるだろうな」

真弓がふくれた。

「なんでそういうひねくれた見方しかできないわけ？」

「べつにひねくれちゃいない」

「ひねくれてるじゃない。なんでもっと前向きな優しい見方ができないわけ？　あなたって最近、おかしいよ。すぐにひとの揚げ足をとったり、意地の悪いことを言ったりして」

そう言われると、ますます嫌味を垂れてやりたくなる。このところ放っておかれた腹いせもあって慎平は続けた。

「けど実際そうじゃねえかよ。こんなものは高齢者福祉事業っていうより左前店主救済事業そのものじゃねえか」

そう言い放った瞬間、ハッとした。そうか、そういう見方もできるのか。

9

一か月と切られた猶予期限を待たずに、慎平はフォルテ・コーポレーションの二谷社長にアポイントメントをとった。

考えてみれば、慎平のほうから直接二谷社長に電話を入れたのは初めてのことだった。

「やっと腹を決めてくれたか」

四谷の割烹料理屋の奥座敷。あいかわらずきっちりと短髪をきめた二谷社長が笑みを浮かべた。自分の仕掛けに慎平が乗ってきたことを楽しんでいる。そうともとれる笑みだった。

「とりあえずアイディアをお話しして、二谷さんにご賛同いただけるということでしたら自分を賭けてみます」

「よし、きかせてもらおう」

「不景気が進む。高齢化も進む。現代の日本社会に立ちはだかっているこの二つの問題を逆手にとることで、新たなビジネスチャンスをつかみとる。基本的には、そんなアイディアです」

「ほう」

慎平は持参した企画書を差し出した。真弓が泊まりにきた翌日から三日間会社を休んで、一気にまとめあげたものだった。

企画書は大きく三章に分かれている。

第一章では、いま首都圏のベッドタウンに静かにひろがりつつあるフェイク会社ムーブメントの現況について述べた。

フェイク会社に勤務するという疑似サラリーマン体験が、会社人間として生きてきた今日の高齢者の心を癒し、大いなる活力を与えていること。しかも、その絶大なるヒーリング効果に魅せられた高齢者たちが、さらなるネットワーク化を推し進めている状況からして、やがて全国の高齢者が組織化されるのは間違いないこと。

続く第二章では、その高齢者ネットワークの拠点となるスペースを提供することで、傾きかけた商売を生き返らせた事例を紹介した。

時流に乗り遅れた喫茶店、麻雀店、スナックバーに時計店。過当競争に敗れたレストラン、コンビニ、レンタルビデオ店にカラオケボックス。

無駄に赤字を産み続けている空間を、フェイク会社という言ってみればイメージプレイ空間に生まれ変わらせることで、いかに経営を建て直したか。真弓に紹介してもらった元コンビニを実例にとって具体的な数字やデータを掲げつつ解説した。

そして第三章。ここでいよいよ、こうした事実を踏まえたうえでフェイク会社をビジネスに結びつける方法をあきらかにした。

慎平が考えたのは、フェイク会社のフランチャイズ事業化だった。

まずは、すでに活動しているフェイク会社に取材して、その設立方法、店舗の改装ポイント、高齢者会員の募集方法、日々の運営方法からクレームの対処法まで、そのノウハウをすべてパッケージ化する。それに基づいて加盟店すなわちフランチャイジーを指導することで、加盟金やロイヤルティーなどの対価を支払わせる。

つまりは、コンビニチェーンやレンタルビデオチェーンなどのフランチャイズ企業が展開しているのとまったくおなじシステムをフェイク会社に転用してしまおうというわけだ。

「フェイク会社は、いわば高齢者に向けたアミューズメント産業です。バリバリの会社人間だったゆえに、いまだ地域社会に溶け込めないでいる孤独な定年退職者たち。行くあてもないままに図書館や書店をうろついている彼らにとって、かつての会社そのままの毎日を疑似体験しつつ、しかし仕事上のリスクはなにも背負わなくてすむフェイク会社こそ願ってもない拠り所であり、娯楽ヒーリング空間でもあります。その意味からしても、この不況時、新たな事業展開を目論んでいるフランチャイジーにとって、これほど魅力的なビジネスはありません。現状では二の足を踏んでいる事業主たちも、もしフランチャイズ化されたとなれば一足飛びに参入を決意することでしょう。不景気と高齢化社会、現在の日本における二つのキーワードをぴたりと融合させたこの新事業は、かならずや時代を席巻するに違いない。そう確信しています」

慎平は力強く結んだ。

二谷社長は黙っていた。

黙ったまま、慎平の説明に合わせてめくっていた企画書の各ページを、あらためてゆっくり読み返している。

慎平は待った。

やれるだけのことはやった。自分でも驚くほど情熱的なプレゼンテーションができた。だからあとはもう二谷社長の決断を待つばかりだ。

二谷社長が企画書を座卓に置いた。それからしばらく手をつけないでいた升酒を口に含んでからひとつ息をつくと、

「しかし金になるかな」

ぼそりと言った。

「店にとって、そこそこの売上になることは企画書のデータからしてもわかる。だが、

そこからロイヤルティーを払ったりすることになるわけだよな。となると、店舗経営的には厳しいんじゃないか？」

もっともな疑問だった。

たしかに、いま父親たちがやっていることをそのまま事業化するのであれば厳しいことになる。が、それについては、このプレゼンが通ったら事業計画書にまとめようと思っていた。今回のプレゼンは事業の根幹となる部分であって、それを基盤にして様々な付帯事業を展開していくことができる。それも合わせて採算ベースに乗せていこうというわけだ。

「たとえば会社には、社員旅行、社内運動会、忘年会といった会社特有の季節イベントがありますよね。そうしたイベントについてもすべてフランチャイズ本部がパッケージ化して、フランチャイジーが販売できる商品として提供していくわけです」

ほかにも社員の出張や休暇に際しての交通宿泊をパッケージ化して提供する。社内で使用する文房具やOA用品といったビジネスツールや消耗品も一括提供する。ゆくゆくは、会社員の制服でもあるビジネススーツやネクタイや革靴といった身の回り品をカタログ販売するところまで手をひろげていく。

早い話が、フェイク会社周辺のあらゆるハードやソフトを統括供給する一大ネットワークを構築していこうというわけだ。

「いまどきのコンビニは、食品メーカーとタイアップして、自分のコンビニ向けにアレンジされたラーメンやお菓子をフランチャイジーに販売させていますよね。あの方式をそっくり真似ることで、本部もフランチャイジーも潤う仕組みを築いていこうというわけです」

「なるほど」

二谷社長が、にやりと笑うと、

「もう一点ある。この事業のターゲットは会社人間だ。しかし近ごろは会社人間も減少しつつあるから、将来的に会社人間がいなくなったらどうするんだろう。縁起でもない話で悪いんだが、会社人間が主流のきみの父親の世代は、せいぜいあと十年ってとこだろうし」

まもなく死んでしまうようなターゲット相手では、長続きする商売はできない、というのだった。

が、これもおり込みずみの質問だった。

「いまの高齢者が逝ってしまったら、つぎに高齢者となる世代の嗜好《しこう》に合わせた『フェイクなんとか』に切り替えてやればいいだけの話です。たとえば団塊の世代だったら『フェイク全共闘』とかにしてやれば、それはそれでけっこう喜ぶんじゃないでしょうか。そうなったら、すごい事業になりますよ。団塊の世代が定年を迎えるころには、高齢者人口が間違いなくほかの人口を上回ることになっているんですから、これほどの巨大市場はまずありません」

「なるほど」

こんどは満足そうにうなずくと、二谷社長は付け加えた。

「となると、あとはきみの親父さんたちの協力が得られるかどうか、そこにすべてがかかってくるわけだが」

「それはまったく問題ないですね。なにしろあのひとたちは本気で会社ごっこをはじめてしまうほどの会社好きなんですから、遊びが本物の事業になるとなったら、それだけで大喜びですよ」

慎平は答えた。

二谷社長は、あらためて大きくうなずくなり、襖《ふすま》の外に向けて、パンパンと手を叩いた。

「酒、じゃんじゃんもってきてくれるか！」

10

須河内恵美子は、ひさしぶりに浮き浮きした午後を過ごしていた。

夕方には息子の慎平と婚約者が訪ねてきて、いっしょに食事をすることになっている。このところ家の中がおかしなことになりかけている。そんな危機感を覚えていたところに慎平が、食事会でもどうかと声をかけてきた。これは絶好の機会だと喜んで賛成したのだった。

ネパールから帰国した晩以来になるから、あれから三か月。いつのまにかエアコンの冷房スイッチを入れなければならない季節になっていた。

今夜だけは早く帰ってきて、と夫には言い渡してある。そんなことを言い渡さなければいつ帰宅するかわからない夫に逆もどりしてしまったのが、恵美子としては腹立たしくてならないのだが、とにかく夫はそういう状態になっている。

あのインチキ会社のせいだ。あれをはじめたせいで、夫は顔つきまで定年以前の夫になってしまった。

朝六時半に起きると片手に新聞、片手にトーストを持って、しかめっ面のまま朝食をすませる。七時すぎにはＮＨＫニュースを横目にネクタイを締め、じゃ、と低い声をもらしただけで家を出ていく。始業は九時であるにもかかわらず、遅くとも八時には出社してひと仕事するのが、ふたたび習慣になってしまった。

やっと解放されたと思っていたのに。

ここにきて何度、ため息をついたかわからない。

夫が定年を迎えるまでは、会社のためにすべてを犠牲にする夫の犠牲になってきた。定年になったら好きなことができる。それだけを心の支えに、毎朝トーストを焼き、革靴を磨き上げ、ワイシャツをクリーニングに出し、ひとりで育児に励み、家計をやりくりし、食べるか食べないかわからない夕食をつくり続けてきた。

出歩くこともめったになかった。つねに夫と会社を中心に家庭を切り回し続けるために、食材や日用品の買い物に出るほかは、なるべく家にいることを心がけて、たまの同窓会の誘いすら断わってきた。

三十余年間、ひたすらそうした毎日を繰り返してきて、ようやく自分の時間がもてるときがきた。デパートめぐりをしたり、食べ歩きにでかけたり、旅行したりする自由な日々がやっと訪れたはずだった。なのに、なぜまたこうなってしまうのか。

　今夜は慎平たちと一緒に、そのへんのところを、きっちり追及してやらなくちゃ。息子の好物の牛肉を切り分けながら、恵美子は密かに決意していた。

　牛肉のトマト炒《いた》めに、芝海老《しばえび》の空豆煮に、茄子《なす》の揚げだしに、大根と帆立のサラダ。得意の手料理も、もうすぐ出来上がるし、ビールもワインも焼酎《しょうちゅう》もたっぷり買ってきた。ゆっくり時間をかけて食事を楽しんだところで、食後の団欒《だんらん》のついでに、若い二人からも意見してもらわなきゃ。

「ぼくたち二人も来春には結婚することだし、そうなれば孫だって生まれるかもしれないわけだし、このへんで父さん、すこしは頭を冷やしてもらわなきゃ困るよ」

　慎平からビシッと釘《くぎ》をさしてもらえば、夫だって目が覚めるだろう。これが恵美子が考えた筋書きだった。

　ところが、こういうときにかぎって筋書きどおりに運ばない。

　いざ家族がそろってみると、恵美子の思惑とは関係なく、夫のインチキ会社の話題一辺倒になってしまった。

「会社のほう、順調なんだってね」

　慎平がそう切り出したのがいけなかった。予定より一時間遅れではあったけれど、なんとか帰宅してくれた夫が、息子に話を向けられて、うれしそうに会社のことを話しはじめたのだ。

「株式会社ごっこ」は、その後も順調に支社数を伸ばしつつあった。首都圏においては規模の大小こそあるものの、いまや十一か所の支社が活動している。

これに対抗して「株式会社得意先」でも、東京都下と埼玉県を中心に八か所の支社が活動している。

さらに、千葉県の「柏ごっこ株式会社」に代表される独立系フェイク会社の活動も活発化している。須河内たちが元祖だ本家だと騒ぎ立てず、求めがあればフェイク会社の設立運営ノウハウを惜しむことなく懇切丁寧にレクチャーしていることもあって、宇都宮、前橋、水戸、小田原といった関東圏の広範囲な地方都市にも波がひろがりつつあった。

「このぶんだと関西圏に飛び火するのは時間の問題だろうし、やがては福岡、札幌、仙台、広島といった地方各都市にも間違いなく拡大するだろう」

焼酎のオンザロックを傾ける父親は満足そうだった。

「けど、もったいないと思うなあ」

ビールグラスを手にした慎平が口をはさんだ。

「せっかく手探りからはじめてものにしたノウハウじゃないか。だれかれとなく無料で公開しちゃうなんて、ひとがよすぎるよ」

もちろん、新たな事業計画を見据えての問いかけだった。

今回の食事会は、慎平にとっては願ってもないチャンスだった。独立を支援してくれる二谷社長に大見得を切った手前、一刻も早く父親を説得しなければとタイミングをはかっていたところだったのだ。

まず断わられることはないと思いつつも、そこは頑固な父親だ。上手に切りださないことには万が一ということもある。

もはや慎平は後戻りできない状況にあった。じつは二谷社長と会ったあの晩、意気投合して割烹料理屋から出たところで、ばったり会社の同僚に出くわした。四谷荒木町のその店は、慎平の会社からかなり遠い場所だったにもかかわらず、間が悪いときは悪いもので、出くわした同僚は慎平と二谷社長の関係について社内で陰口を叩いていた張本人だった。

その瞬間、慎平は腹をくくった。もはや逃げることはできない。なにがなんでも独立を成功させなければならない。そのプレッシャーが、最大の難事、父親の説得を先送りにさせてきたのだった。

「じつはおれ、フランチャイズ事業を興して独立するつもりなんだ。いまという時期はフランチャイズ事業をはじめるには絶好機なもんだから」

追い込まれた自分に衝き動かされるように慎平は語りはじめた。

不況時こそフランチャイズ事業の発展期。フランチャイズ発祥の地、アメリカではそう言われている。八〇年代、深刻な不況でリストラされた多くの失業者がフランチャイズショップ開業に活路をもとめ、おかげで各種多彩なフランチャイズ事業が大きく躍進したのだが、いまの日本はそれとおなじ状況にある。

そこで慎平は、フェイク会社のフランチャイズ化というアイディアを思いついた。いまの時期だからこそ成功につながる新しいかたちのフランチャイズ事業で念願の独立を果たしたいんだ、と父親に訴えかけた。

ところが、最初のうちこそうんうんとうなずきながら聞き入っていた父親が、いざフェイク会社フランチャイズ化の話をはじめたとたん形相を変えた。

息を荒らげながら頬を紅潮させたかと思うと、突如、息子の言葉を遮った。

「おまえは、父さんたちがやってることをなんだと思ってるんだ！」

食卓が凍りついた。

恵美子はじっと俯《うつむ》き、婚約者の真弓も固まっている。

慎平は、ただただ困惑していた。なにをそんなに親父は怒っているのか。せっかくの独立計画を頭ごなしに否定することはないじゃないか。

すると父親は大きく深呼吸すると、

「高齢者は道具じゃないんだ」

押し殺した声で言った。

「おまえがいま得意げに説明した事業計画は、たしかに若いものの世界観からすれば画期的かもしれない。しかし、おまえたちには画期的かもしれんが、よく考えてみろ。それは単に、われわれ高齢者を喰《く》いものにする事業でしかない。おまえは父さんに、高齢者を喰いものにする手先になれと言っているんだ。そのことになぜ気づかんのか」

　フェイク会社のノウハウをフランチャイジーに売るビジネスとは、言葉を換えれば、高齢者のフェイク社員からどう金をむしりとるか、その収奪ノウハウを売るビジネスでしかない。

「そんなものは、高齢者が、高齢者の手で、高齢者の楽しみのために小遣い銭を出し合ってやっていることとはまったく異次元のものだ。おまえはそもそもわれわれ高齢者がどんな気持ちでフェイク会社をはじめたのか、ちゃんと考えたことがあるか？」

　慎平の目をのぞきこむ。慎平は黙っていた。

「そりゃもちろんノスタルジーに浸っている面もないではない。正直、最初のころはその程度の気持ちでやっていた。しかし、いくらなんでもノスタルジーだけでは、人間、ここまでやれるもんじゃない。われわれは、かつて人生のすべてだった会社というものをあらためてシミュレーションしていくうちに、やがてあることに気づいたのだ。いまこうしてやっていることは、われわれが会社人生を通してやってきたこととの検証作業でもあるんだと」

学校を出て四十年近くも会社会社で生きてきた。会社のために身を粉にして、会社のために泣き笑い、会社のために犠牲を払い、ときには会社のために法まで犯した。そのことに、いったいなんの意味があったのか。それでほんとうによかったのか。フェイク会社で遊ぶうちに、知らず知らずそれを検証している自分の姿に、あるとき気づいた。あの「絵空事」「馬鹿正直」「度外視」という絵空事そのものの理念を掲げ、会社というものを再度つくりあげていく追体験を通して、あらためて自分の人生を見つめ直しているのだと気づかされた。

「それって、ある意味、心理療法でよくやるロールプレイングゲームみたいなものかもしれませんね」

話に聞き入っていた真弓が、ふと思いついたように言った。

「ゲームソフトのＲＰＧじゃなくて、生身の人間が演じる劇仕立ての心理療法ゲームなんですけど、あれの実体験版的な意味合いがフェイク会社にはあるんじゃないかと」

父親が我が意を得たとばかりに答えた。

「たしかに、そうした心理療法的な意義もあるのかもしれない。でなければ、これほどたくさんの仲間が結集することもなかったと思うし」

「やっぱりそうですよね。いまどきは企業がいくら旗を振ったところで、高齢者はなかなか腰を上げてくれないんです。それを考えれば、あれだけたくさんの高齢者を動かしたということは、よっぽど心の部分にフィットしたってことじゃないかと思って」

「そうなんだ、そういうことなんだよ」

するとと孤立しかけた慎平が反論にでた。

「でも、それとビジネスの話はべつなんじゃないかな。心理療法にしたって、ひとつのビジネスとして成立してるわけだし、高齢者が喰いものにされるなんていう考え方は被害妄想的すぎると思う」

この反論がまた父親に点火した。

「被害妄想とはなんだ！　まだひよっこのくせして、少しはひとの気持ちってものを考えたらどうだ！」

突然の激昂《げっこう》に、慎平もキレた。

「なにがひとの気持ちだよ！　そっちこそ自分勝手に会社人間やってきといて、いまさらそんなこと言えた立場かよ！　こっちはごっこ遊びなんかでやってんじゃないんだよ。お先真っ暗のこれからの時代を生きてく糧を得るために、必死で独立しようとしてんだよ」

「必死であればなんでも許されるのか！　必死であれば高齢者の心を踏みにじってもいいと言うのか！」

「だからそれは」

「もうやめてちょうだい！」

最後に叫んだのは恵美子だった。

唇を震わせ、肩で息をつきながら、手料理がまだ大量に残っている食卓を見つめている。

「お父さんもお父さんだし、慎平も慎平よ。せっかくの会食を台無しにしないでちょうだい。会社だの仕事だのって、そんなの、もうたくさん！　あたしはいったい、いつになったらそういうことから自由になれるの？　あたしのほうこそ心理療法をうけたいくらいよ。あなたたちがなにをやろうと勝手だけど、もうこれ以上、もうほんとにこれ以上、あたしの人生を邪魔しないでちょうだい！」

恵美子は音をたてて食卓を立った。

11

朝いちばんで課長に呼び出された。急なことではあったが、しかし慎平には察しがついていた。

「妙な噂を耳にしているんだが、いちおう確認しておこうと思ってな」

会議室のソファに向かい合わせに座るなり、課長は言いにくそうに切りだした。

「ぼくがどこかでだれかと密会していた、そういった噂ですか？」

慎平はストレートに切り返した。

「まあ、なんというか、ビジネスマンにとって幅広い人脈をもつことは大きな武器となる。だから、須河内くんがどこのだれと交遊を深めようが、いちいちわたしが文句をつける筋合いはない。がしかし、それが万が一でも、会社の仕事や人間関係に支障をきたすような交遊だったとしたら、どうだろう」

遠回しな物言いにうんざりして慎平は言った。

「会社を辞めようと思っています」

課長が顔を上げた。

「どういうことだ?」

「独立を考えてます」

「ちょっと待ってくれんか。べつにそういうことを言いたいわけじゃないんだ。いまここできみに辞めてもらっては、こっちとしても困る。わたしとしてはただ、誤解を招くような付き合いには気をつけてくれと、それが言いたかっただけだ」

「そのこととは関係なしに、もう決意したんです。この会社には、いろいろとお世話になりましたが、そろそろ自分の力で道を切りひらいていきたくなりました」

はっきりと告げた。

あの会食の晩、フェイク会社のフランチャイズ話は暗礁に乗り上げてしまった。が、それで独立の決意が揺らいだかといえば、じつは逆だった。父親と激しくやりあったことで、不思議なことに、より独立への思いが固まった。というより、意地になったというたほうが正確かもしれない。

何の事業で独立するか。それはまだまだ流動的だ。フランチャイズ話で再度父親を説得するか、あるいはまったく新たな事業計画をひねりだすか、それすら決めかねている状態だ。

けれど、いずれにしても、これ以上この会社に勤め続ける自分の姿は想像できなかった。

当分は雇用保険も出るだろうし、まずは辞めることからはじめよう。単純に、そう思った。

甘いのかもしれない。そうは問屋が卸してくれる世の中ではないかもしれない。それでも、結婚前のいまならまだ冒険が許される気がした。また、そんな無茶をやってみることも、つぎのステップに弾みをつける上では必要なことのような気もした。

「もうちょっと考えてみたらどうだ。これでもきみには期待してるんだ」

課長は最後にそう言い置いて席を立った。が、もう慎平に迷いはなかった。

それから一週間後、慎平は辞表を出した。

あと三か月もすれば冬のボーナスも出ることだし、もうすこし辛抱してみたらどうだ。突然の退職を知って、そう忠告してくれる同僚もいた。が、そんなものを待っているような了見では、いつまでたっても独立などできない。辞めよう、と思ったそのときが辞めどきなんだと自分に言いきかせた。

会社を去る日、同僚に呼びとめられた。二谷社長と会っている現場を目撃された、あの同僚だった。

「きみはどう思っているか知らないが、あの社長に深入りすると、会社にとってはもちろん、きみにとってもマイナスだ。そう判断したからこそ、ぼくは会社に警告を発した。それだけはわかってほしい」

そして同僚は、二谷社長にまつわる噂話をいくつか口にした。倒産したモツ鍋食べ放題チェーンの負債を押しつけられて、かつての共同経営者は、いまだに地獄の日々らしい。人材派遣業と称して、じつは売春の元締めもしていたらしい。子役専門芸能プロでは計画倒産を企み、ギャラを丸呑《まるの》みしてしまったらしい。

「二谷社長の成功の裏で、いかに多くの人間が踏みつけにされてきたか。それだけは忘れずにいてほしいんだ」

いまさらなんだ、と思った。その程度の噂話なら慎平もとっくに耳にしていたし、それどころか、おれはひどい人間らしいんだぜ、と二谷社長自身の口から苦笑まじりにきかされたことすらある。

成功した人間にとって悪評は勲章のようなものだ。給湯室でおしゃべりしているOLじゃあるまいし、敗者の妬みから発せられた噂話に、いちいち取り合っていたらきりがない。ビジネスにリスクはつきものだ。そのリスクに足元をすくわれたからといって、成功した人間を貶《おとし》めることはないじゃないか。

が、そんな反論を口にしたところでどうなるものでもない。慎平は、まだ言い足りなさそうにしている同僚に黙って背を向けた。

その晩、青山で、真弓と会った。

夏も終わりに近づいたせいか、青山の街には早くも秋仕様の長袖《ながそで》を着た女性が見かけられた。まだまだ気温は高いというのに、季節の先取りこそがおしゃれの証と信じて疑わない彼女たちが微笑ましくも滑稽《こっけい》に見えた。

真弓が勤める会社から程近い、青山通りに面したビルの二階にある居酒屋に入った。

「いやさっぱりしたなあ」

席に着くなり退職の報告をした。

「そりゃ家族背負ってないんだもん、さっぱりもするわよ。当分、お金の心配もしなくていいわけだし、フリーター気分でも味わったら?」

婚約者が職を捨てたというのに平然と笑っている。先日、会食の席でさんざん独立話をしたあととはいえ、ふつうの女だったら大騒ぎするところだが、こういう腹の据わった女房だったら、あとあといろいろと助かるかもしれない。そんなことを考えながら冷や酒で喉を湿していると、

「けど、これを機会にちょっとお義母《かあ》さんのことも考えてあげなきゃ」

肴のメニューを手にした真弓が言った。

「お義父さんがフェイク会社でリハビリしてるのはいいことだとしても、あれじゃその

うち、お義母さんに捨てられちゃうよ。近ごろ増えてるんだから、定年後に突然離婚を言い渡す妻っていうのが」

「でも、おれにはどうしようもないだろうが。離婚するなって泣きつくわけにもいかないし」

「巻き込んじゃえばいいのよ」

「巻き込む？」

「あなたの独立事業なり、お義父さんのフェイク会社なりに、お義母さんも参加させちゃうの」

「それじゃますますお袋を縛りつけることになるじゃないか。お袋は自由がほしいんだって怒ってるわけだし」

「だからそれが勘違いだって言ってるの。お義母さんが言ってる自由っていうのは、好き勝手に遊びまわりたいっていうだけの意味じゃないのよ。あの言葉の裏には、お義母さん自身も気づいてないみたいだけど、わたしも社会と関わり合いになりたい！　っていう気持ちが潜んでいるのよ」

そんなものなんだろうか、と思いながら慎平は冷や酒を口にした。

物心ついてこのかた、ほかの家のことはいざ知らず、自分の母親はいつも家にいるのがふつうのことだと思っていた。そしてそれは母親も望んでそうしているのだとばかり思い込んでいた。

だから、最近になって堰《せき》を切ったようにイタリア料理教室に通いはじめたり、ネパール旅行に出かけたりするようになったのも、定年を迎えた夫からそう言われたからだと思っていた。ここらへんでおまえも気分転換してみたらどうだと背中を押されて、ようやく重い腰を上げたのだと。

「やっぱりその程度の認識だったんだ」

真弓が呆れた顔をする。

「いいこと、あれは要するに、お義母さんもようやく会社人間の妻っていう役割の定年を迎えたってことなの。で、これからいよいよ第二の人生を歩みだそうと思っていたのに、ここにきてまた定年前とおんなじ役割を押しつけられようとしている。だから、あして腹を立ててるわけじゃない」

高齢出産で真弓を産んだ彼女の母親の場合は、ひとまわり上の世代になることもあって、第一の人生も第二の人生もなく、一生涯、おなじような生活を続けてそのまま逝ってしまった。それだけ生活に追われていたこともあったし、またその年代の感覚としてはそれが当たり前だった。

が、いまは違う。むかしほど生活に追われることがなくなったぶん、夫の定年後はもっと違う人生も生きてみたいと考えたとしても、それは当然だろう。

「自分だけがいつも蚊帳《かや》の外、じゃなくて蚊帳の内にばかり置かれている生活はもうたくさん。息子には独立、夫にはフェイク会社と、それぞれ熱中できるものがあるのに、なぜ自分にはなにもないのかっていうお義母さんの気持ちも、わかってあげなきゃいけないと思うの。だからこそ、巻き込んであげなさいって言ってるの。海外旅行したりするのだって、いまはまだ楽しいかもしれないけど、でも、お義母さんがほんとうにもとめているものは、そんなものじゃないのよ」

「うーん」

慎平は唸った。言われていることは理解できないわけじゃない。でも、だからといって、じゃあどうやって母親を巻き込んだらいいものか。それが、いまひとつ具体的にイメージできなかった。

おれと真弓の場合はどうなるんだろう。思わず考えた。

とりあえず彼女は結婚後も仕事を続けるつもりでいる。しかし、子供ができたときにはどうするか。そこまでのことは、まだ話したことがない。というより、おたがいに話し合うのを先送りしている部分もないではない。

もし真弓が子育てのために会社を辞めたと仮定したらどうなるか。もちろん真弓が慎平の母親とおなじような生き方をするわけはないし、また慎平も彼女を家庭に押し込めるつもりはない。が、それでも、いちど退職した女性の復職がむずかしい日本の現状を考えたとき、慎平と真弓のあいだにも、子供が独立するころになって、そっくりおなじ問題が浮上してくる可能性がないわけじゃない。

まったく順繰りもいいところじゃないか。

内心舌打ちしながら冷や酒を飲みかけた瞬間、スーツの内ポケットで携帯電話が鳴った。飲むときはいつもスイッチを切っておくのだが、うっかり忘れていた。

「もしもし」

仕方なく小声で出た。二谷社長からだった。

12

こんな夢のような日々があっていいものだろうか。

須河内賢三は幸せの真っ只中《まっただなか》にいた。ここにきて妻の機嫌が斜めだったり、わけのわからないことをはじめようとしている息子とぶつかったり、困ったこともないではないけれど、しかし毎朝一歩家を離れれば、そこには彼の理想郷があった。

桐峰が言うところの会社の様式美を堪能できる環境づくりが、予想以上のスケールで達成されつつあるし、またすでにその恩恵にも心ゆくまであずかっている。そのことが、彼の生活に思いもかけない高揚をもたらしていた。

こんな高揚感は本物の会社に勤務しているときですら味わったことがなかった。やはりこれは癒されているということなのかもしれない。賢三はあらためて、春川真弓が言っていた精神面での効用を実感するのだった。

最近は、以前にも増して早起きして朝六時半には家を出るようにしている。通勤は徒歩。現実の会社には、ちょっと偉くなると専用車を欲しがる輩も多いが、冗談じゃない。そんなものに乗ったら、せっかくの通勤の楽しみが台無しではないか。

おや、もう落ち葉が舞う季節になったか。そんな感慨にふけりつつ、革靴をコツコツ鳴らしてゆっくり歩いてゆく。

二十分からときには三十分ほどもかけて、姫ヶ丘駅前商店街の本社に早朝出勤したら、まずは自分でお茶をわかしてデスクで一服。やがて、さて、と立ち上がりこんどは駅に向かい、これも楽しみのひとつ、電車に乗って支社のようすを視察にいく。

姫ヶ丘駅から通勤客にもまれ、近隣地域の支社に到着するころには、たいがい朝礼の時間になっている。

腰の曲がりかけた部長がうれしそうに訓示するようすを眺めつつ、社員たちにも積極的に声をかけてまわる。

みんな、気持ちよく挨拶してくれる。社長だからと媚《こ》びたりへつらったりする社員はひとりとしていない。なぜなら、賢三が社長でいるのも彼らが社員でいるのも、すべてはごっこ上の役割であるということを、だれもがきちんと理解しているからだ。

社長は社長としての責任ある立場を演じ、課長は課長としてのリーダーシップを演じ、社員は社員としての規律正しさを演じる。その様式美に浸りきることこそが、この会社組織のなによりの目的だ。

といっても、仕事そのものに関しては真剣勝負だ。

フェイク会社同士の取引とはいえ、扱い商品である食材の売買交渉は、すべて現実の食材市況や出荷状況、小売動向などに即して行われる。手持ちの資金も決められているし、きちんと決算も求められるから、ときに天候不順による品薄に泣いたり、不可抗力の値崩れにあわてたりと、まさに現実さながらの商いが展開される。

また、企業理念に定められたとおり、馬鹿正直であることが鉄則であるため、汚い駆け引きをしたり、圧力をかけて値切ったりするようなまねは一切しない。

そんな綺麗事《きれいごと》で仕事になるのか、という意見もないではなかった。が、いざそれを徹底してやってみると、それはそれでなかなかに気持ちがいい。仕事でストレスをためない方法とは、これだったのかと痛感したものだ。

それによって多少儲けが減ったところで、どうだというのだ。みんなが笑顔で健康でいられることのほうが、よっぽどメリットがあるではないか。現実の会社でも、このやり方はぜひ見習ってほしいものだと賢三としては本気で思う。

そうした日々の合間には、出張もある。

その後、賢三が予想したとおり、フェイク会社ネットワークは驚くほどの急成長を遂げ、いまや関西圏にも福岡や札幌といった全国各地の大都市にも直系と独立系を含めて百以上のフェイク会社が誕生して活動している。

こうした会社を月にひとつふたつと、めぐって歩くことも、賢三の楽しみのひとつなのだった。

定年を迎えた直後に、賢三は何度か妻と旅行に出かけた。だが、そんなものはちっとも楽しくなかった。かわりばえしない温泉旅館に泊まり、俗化した観光名所を歩き回り、うまくもない上げ底土産品を買って帰ってくるたびに、うんざりしたものだ。

しかし、出張は違う。まずだいいちに、旅にちゃんとした目的があり、生産的なのがいい。なにしろその土地に行くことで仕事が進展するのだ。これでなくては、わざわざ遠方まで訪ねていく意味がないではないか。

しかも仕事なら、旅人から金を巻き上げることしか考えていない観光客ずれした業者ではなく、現地で暮らすふつうの人々とじかに接することができる。仕事という共通の目的があるから、初対面でもすぐに打ち解けられるし、また仕事が終われば、現地の人だからこそ知っているとっておきの穴場を案内してもらえるチャンスだってある。

若い時分には、そうして連れていかれた各地方で、妻には内緒のエピソードもたくさん残してきた。博多の屋台の酒を飲みつくして意識不明になったことがある。佐渡の漁師町で盛り上がったあげく海に転げ落ちて溺《おぼ》れかけたことがある。朝、目覚めて気がつくと小樽の若妻と同衾《どうきん》していたこともある。

それもこれも出張だからこそ遭遇できたことだ。その出張ならではの旅情を、いまふたたびこうして堪能できるのだから、自分という人間はつくづく幸せものだと思う。

定時の勤務時間は、午後五時までということになっている。本物の会社勤めをしていたときとまったくおなじ、八時間労働制。

しかし、これも本物の会社時代と同様、フェイク会社をはじめて以来定時に帰ったことは一度としてない。平均して午後八時まで、遅いときには零時すぎまで残業することもあるが、もちろんそれが辛いと思うことはない。残業時ほど会社勤めの喜びを満喫できるときはないからだ。

なかでも午後八時以降は社内で残業食に店屋物をとることが多く、この時間が賢三はとくに好きだ。

「残業食、中華いきまーす」

と声がかかると、仕事の手をとめた同僚たちが、ラーメン餃子《ギョーザ》やら五目ヤキソバやら海老チャーハンやら野菜炒め定食やら、好きなものを口々に申し立てる。この歳になると、基本的に油ものはうんざりするのだが、会社にいると、つい若いころを思い出して中華を頼んでしまう。

さっそく若輩の社員が「珍来軒」に電話すると、忘れたころに岡持を下げた兄ちゃんがずかずかとやってくるのだが、あの岡持がいい。

ぼこぼこにへこんだアルマイトの四角い箱の前蓋《まえぶた》を引き上げたとたん、立ちのぼる湯気とともに、売上集計やら前月比やら予算達成度やらの数字にまみれていたオフィスが、またたくまに中華屋の匂《にお》いに満たされる。

すかさず兄ちゃんは、ラップのかかったラーメンや餃子を打ち合わせテーブルの上に並べ、やかんを細長くしたようなアルマイト容器からチャーハンや定食のスープを注ぐ。あのアルマイト容器もまたいい。とくに冬など、寒々としたオフィスに街角の温もりを届けてくれる魔法の容器に思える。

やがて仕事が一段落したところで書類をデスクの脇にどけ、ラップをはがし、割り箸を割り、ネクタイの先を胸ポケットに押し込んでから、どれどれと食べはじめる。

「清原、また三タコだってよ」

「ロッテにでも売り飛ばしちまえよ」

他愛もない世間話を交わしつつ、すっかり伸びきったラーメンを啜《すす》り込む。とっぷりと日暮れた夜のオフィスに、食べ、啜り、咀嚼《そしゃく》し、飲み下す音だけが響き渡る。この瞬間も大好きだ。ああ、われわれは一家なんだなあと、思わずいとおしい気分になる。

そんな気分を消し去りがたくて、残りの仕事を片づけたところで二、三日に一度は、ちょっといきますか、ということになる。

若いころは会社の愚痴をこぼしながら大騒ぎするのも楽しかったが、中年を過ぎてからは、あれこれ将来の夢を語るようになった。

といってもそんな大それた夢ではない。

「黒部の山間にある、厳冬の二月にしか湧かない秘湯。いつの日か引退したら訪ねてやろうと思っていましてねえ」

なんていう話を延々と繰り返すのだ。

いまにしてみれば、いざ引退してそんなところに行ったところで、たいして楽しくもないことはよくわかっている。だが、そんなことはどうでもいいのだ。そうやって残業帰りに熱燗《あつかん》で煮込みをつつきながら、なんのかんのと雑談に花を咲かせる雰囲気こそが楽しいのだ。

そんなとき、ちょっとした相談事にのったりするのも彩りのひとつだ。ゆうべもたまたま相談役のマスターと二人で飲みに寄ったとき、

「桐峰さん、近ごろ評判がいまひとつでしてねえ」

と相談をうけた。

相談役に相談されるというのも妙なものだが、こういうときに持ち出される評判は、たいがい悪評だ。

「とにかく桐峰さんは、いまや『株式会社得意先』の独裁者だと言う人間もいるほどで、ひとが変わったみたいに尊大なワンマン体制を敷いていると、もっぱらの噂なんですよ」

早い話が、須河内さんからも一言忠告してやってくださいよ、とマスターは言いたいのだった。

こういうとき、よしわかったと安請け合いするような賢三ではない。この手の噂話には、たいがい、やっかみが含まれている。ひとのいい人間を利用して悪評をばらまくことで有利な立場を築こうとしている人間が、かならずや存在しているものなのだ。

賢三は現役時代、こうした噂話を鵜呑《うの》みにしたばかりに、幾度となく信用を失った経験がある。それだけに、こういうとき、うかつなことは口にしないようにしている。が、今回ばかりは、いまや掛け替えのない右腕になってくれているマスターの助言だけに思わず考え込んだ。マスターは根拠のない噂話に踊らされるような人間ではない。といって、桐峰独裁者説を丸ごと信じるわけにもいかない。

桐峰とは最近、たがいに自分の会社のことで忙しく、会うことも電話することもほとんどないが、もともとあの企業理念を考えだしたのは桐峰なのだ。あの企業理念の下に独裁者は存在しえない。

賢三が小耳にはさんだところによると、桐峰は高度成長時代、財閥系大企業のエリートとして将来を嘱望され、肩で風を切る存在だったらしい。ところが、五十代直前に妻と離婚。それを契機に、役員一歩手前のラインから一転、冷や飯街道へ。会社人生最後の十年は、平凡なる一社員として日陰に暮らし、だれに引きとめられることなく定年を迎えたという。

妻との離婚が出世にまで影響を及ぼす日本企業に翻弄《ほんろう》された人生。それが桐峰にとって語るに語れない心の傷となっていることは間違いないと賢三は思う。

人生の痛みを知る人間に独裁、ワンマンといった言葉は相容れない。マスターとしても、止むに止まれぬ思いで助言してくれたのだろうが、ここは当初からのパートナー、桐峰を信じよう。

賢三はそう腹を決めると、こういうときにしばしば使う台詞で最後を締《し》め括《くく》った。

「もうしばらく様子を見ていてやろうじゃないですか」

店の女将《おかみ》が時計を気にしだしたころ、ようやく腰を上げる。千円札を何枚か払って、千鳥足で家路につく。

バスはとっくに終わっている。上気した頬に、ひんやりした夜風を感じながら、暗い並木道を辿る。

都心と違ってニュータウンの空は星がきれいだ。

ほう、もうオリオン座が見えるようになったか。そんな独り言を呟きつつ、よろよろとぼとぼ歩いていくうちに、我が家のある団地マンションが見えてくる。

当然ながら、家の中は真っ暗だ。寝ている妻を起こさないよう、そっと玄関ドアの鍵を開ける。その瞬間、そうだ、あしたも早朝会議があったな、なんていうことをふと思い出して、よし、あしたも頑張ろう、と思ったりする。

ああ、この生活を一生涯続けていたい。

やれやれと滑り込んだ布団の中で、あらためて賢三は思う。

世の中には、いちど失ってみて初めて、ありがたさに気づくものがある。自分にとって、それはまさに会社だった。

この会社勤めの日々だけは、もう二度と失いたくない。もう二度と、あの図書館通いの日々には舞い戻りたくない。

心の底からそう念じてやまない賢三だった。

13

会社を辞めてさばさばした翌日、さっそく慎平は二谷社長に挨拶にでかけた。

前夜、電話で約束したとおり、午後いちばんで二谷社長の会社フォルテ・コーポレーションまで足を運んだ。辞職したからには、もうだれに遠慮することなく出入りできるわけだし、これからはこっちに出向いてほしいと二谷社長のほうから言ってきた。

フォルテ・コーポレーションは目黒の外れの住宅街に本社を構えている。民家やアパートが立ち並ぶ街の真ん中にひょろりと伸びた五階建てビル。

近未来をイメージしたデザインだと設計家は主張しているらしいが、丸と三角を組み合わせたその珍妙な外観は、周囲の街並みと、どうしようもない不協和音を鳴らしている。

「どうだ、準備は進んでるか」

最上階の社長室に入るなり二谷社長に問われた。

もちろん、フェイク会社フランチャイズ事業のことを言っている。今日は会社を辞めた報告だけをするつもりでやってきたのだが、どんどん進行していかなきゃだめだぞと、やけに急かす。

「きのう会社を辞めたばかりですから、本格的な準備はこれからですよ」

慎平はそう答えたが、正直、わきの下に冷や汗をかいた。

この事業のキーマンとなる父親の説得が、いまだにできていなかったからだ。

それでなくてもあの父親は頑固者だ。いつだったか彼が嫌いな赤い色のポロシャツを、たまには若い格好をしてと妻にプレゼントされたことがある。が、彼はそれを一瞥《いちべつ》しただけで触ろうともせず、それっきり押入の奥に仕舞われたままになっている。そんな父親だけに、事は慎重に運ばなければならない。けっして諦めたわけではないが、そうそう簡単なものではない。

「多少、詰めの部分で時間はかかりそうですが、基本的には順調ですので、もうしばらく待ってください」

慎平は余裕の態度を崩さないままそう答えた。すると二谷社長は慎平の目を見据えて、

「とにかく男は結果だ。こっちも出資金を用意して待ってんだから、速攻で頑張ってくれよ！」

そう言い放つと席を立った。社長室のソファに座って五分と経っていなかった。

四谷で口説かれていたころと違って、あまりにあっさりとした対応に拍子抜けしたが、逆にほっとしないでもなかった。まあ、あとはきみの才覚しだいだぞと、そういうことなのだろう。

それから三日後の土曜の朝。慎平は真弓とともに姫ヶ丘に向かった。あいかわらず飛ばしまくる真弓のドライビングに身をまかせて、慎平はきょうの作戦に頭をめぐらせていた。

真弓はその後、毎週土曜日を、「株式会社ごっこ」の支社で働く日と決めていた。時間に余裕があれば平日も出かけたいところだが、本業の仕事を終えてから二時間やそこら顔を出したところで、たいした仕事はできない。

幸い、かつてのモーレツ社員たちが集うフェイク会社は週休一日制で、土曜日も全日勤務となっている。もちろん出社したければ日曜の休日出勤も可だが、どうせなら規定の勤務日に手伝いたいと考えて土曜出勤が定着した。

午前九時には姫ヶ丘の街に到着して、さっそくオフィスに向かった。といっても、今回は姫ヶ丘駅前商店街にある父親のオフィスではない。車は駅の反対側、北口ロータリーにまわり、さらにその先へ進んだ。

中古車ディーラーやファミリーレストランが並ぶ国道バイパスをしばらく行くと、やがて古びた雑居ビルが見えてきた。そのビルの二階に今回の訪問先、「株式会社得意先」

本社がある。

　麻雀荘の看板が貼られたアルミサッシドアを開けると、店内はすっかりオフィスに改装されていた。ずらりとデスクが並び、パソコンが置かれ、書類が山積みにされている。ただちょっとばかり異様だったのは、四方の壁にこれでもかと、売上目標額やらノルマ達成グラフやら今期二大スローガンやらの手書きの紙が貼りめぐらされていることだった。しかも社内全体に、やけにぴりぴりした空気が漂っている。

「馬鹿野郎！　数字叩き出してから言えってんだよ！」

　そんな罵声《ばせい》もそこここで飛んでいる。

「お義父さんの会社のほうが理念にのっとってるみたい」

　真弓が囁《ささや》いた。

　おなじフェイク会社から分かれた会社だというのに、社風というのは、こうも違ってしまうものなのか。慎平としても、いささかびっくりした。

　近くのデスクで仕事をしていた皺だらけの社員が立ち上がったので来意を告げた。しばらくして、つるつるに頭が禿げ上がった男がのっそりと姿をみせた。桐峰だった。

「いや、さすがに息子さんだ、そっくりじゃないですか」

　会議室のソファに腰を下ろすなり、桐峰はしげしげと慎平の顔を眺めまわした。すかさず真弓が、

「顔だけじゃなくて頑固なところまで似ちゃって困るって、お義母さんがよく言ってるんですよ」

と余計なことを言うものだから、

「じつはきょうお時間をいただいたのはですね」

慎平はあわてて本題を切り出した。

とりあえず桐峰を味方につけてしまう。それが今回、わざわざ桐峰を訪ねてきた目的だった。

最終的には父親の同意も得ないことには、慎平の事業計画が立ち行かないことはもちろんわかっている。が、おいそれとは翻意しない父親の弱点を突くことにしたのだ。父親には同期とか同輩とか同郷とか、おなじ釜の飯とか運命共同体とか一蓮托生《いちれんたくしょう》とか、その手のメンタリティに弱いところがある。

そこで、まずはフェイク会社の創業メンバーの桐峰をはじめ、マスター、各支社の支社長、独立系の社長まで、フェイク会社の主だった人間をすべて取り込んでしまう。そうしてきっちり外堀を埋めたところで、一気に本丸を攻め落とす作戦でいくことにした。

なかでも桐峰はキーマンだ。フェイク会社の一方の雄として、いまや父親とは一線を画して独自の道を歩んでいる。その意味で、桐峰を落とすことは父親を落とす上で欠かせないと考えたのだった。

さっそく慎平は事業計画の企画書をとりだして説明をはじめた。桐峰は意外にも真剣に耳を傾けてくれた。ときに老眼鏡をかけて企画書に目を落とし、

「その場合、ロイヤルティーの算定基準は?」

「設備投資のリスクヘッジは?」

といった細かな質問をつぎつぎに飛ばしてくる。

思ったよりスムーズに話に乗ってくれるかもしれない。

期待を抱きつつも、慎平は最後まで手を抜かずに具体的な運営ノウハウから事業収益予測に至るまで、これまで詰めてきた事業計画のすべてをプレゼンした。

「なるほどねえ」

説明を聞き終わると桐峰はふうと大きな息をつき、ひとくち啜ったきり放っておいたコーヒーをがぶりと飲んだ。

それから、あらためて慎平に向き直ると、

「ちなみにこの話、あちらの社長にはされましたか?」

あちらの社長というのが父親のことだとわかるまで三秒ほどかかった。

「それはその」

口ごもった。

「話したわけですね」

「はい、一応」

「反応は？」

「まだ賛同は得ておりません」

「ほう」

目を吊《つ》り上げて慎平を見る。

「どうやらこの事業によって高齢者の負担が大きくならないかと懸念しているようでして。でもその点に関しては、ご心配なく。むしろ将来的には、さらに進展する高齢化社会を温かく包み込む新機軸のメンタルケア事業として、多くの高齢者に支持されることは間違いありません」

「負担が大きくなるぶんメリットもあると」

「そういうことです。ですから、そのへんを正しく理解すれば、父親としても納得しないわけがないわけでして、その意味からも、ここはひとつ桐峰さんのご賛同とご支援をいただければと考えているわけなんです」

慎平の必死の口説きに桐峰はもう一度、なるほどねえ、と呟いてから、

「だめですね」

きっぱりと言い放ち、慎平を睨みつけてきた。

「ひとつ申し上げておきますが、わたしは、あちらの社長を説得するための道具ではあ

りません。近ごろ、あちらの社長が増長しているとは聞いておりましたが、息子さんからもなめられるとは思いませんでしたな」

「いえ、そういうわけでは」

慎平が弁解しかけると、桐峰はひょいと席を立ち、会議室の外に声をかけた。

「お客さん、お帰りです！」

14

ふて寝しているとドアチャイムが鳴った。

寝ぼけ眼で慎平は時計を見た。朝十一時を過ぎている。無視して寝続けることにした。が、それでもドアチャイムは鳴りやまない。ピンポンピンポンと、クイズが大正解したのかと思うほど鳴り続けている。が、出たくなかった。たとえ宅配便の配達員だろうが、いまはだれとも顔を合わせたくなくて、慎平は布団をかぶった。

さすがに頭を抱えていた。辞表を叩きつけるかたちで退職したまではよかったが、画期的なはずの事業計画は父親からも桐峰からも袖にされ、しかもひょんなことから父親と桐峰の確執までが浮かび上がってきた。

「やっぱ、あらためてお義父さんを真正面から攻め落とすことを考えなきゃ、だめみたいね」

桐峰の会社からの帰り道、真弓は言った。

「けど桐峰さんと親父の仲のこともあるわけだし」

「それはそれ、これはこれよ。あんなの結局、企業グループ内の派閥抗争みたいなもんなんだから、こうなったら本来の企業理念に従っているお義父さんと手を組んでやってくしかないじゃない」

「簡単に言うなよ。それができないから困ってんだぜ」

「そんなの、また違う手を考えればいいじゃない。それがいまのあなたの仕事なんだから」

事もなげに真弓は言っていたが、これこそ言うは易しというやつの典型で、いくら考えてもつぎに打つ手など浮かばない。

これでは、せっかく資金援助を約束してくれている二谷社長にも合わせる顔がなく、もう一週間近く家に閉じこもったきり呻吟《しんぎん》を重ねている。

早い話が、いまや慎平は独立とは名ばかりの単なる失業者でしかなかった。いまどき男たるもの独立だ、独立さえすれば束縛のない自由奔放な人生がひらけるのだと思い込んでいた。が、よくよく考えてみれば独立とは、なんの後ろ盾もない素っ裸になるということじゃないか。そんな当たり前のことにも気づかずにいた自分が、いまさらながら情けなくなる。

クイズはまだ大正解し続けていた。

電話の呼出音は一昨日から切ってあるのだが、ドアチャイムを切るにはどうすればよいのだろう。ぼんやりとそんなことを考えていると、こんどはドアがどんどん叩かれはじめた。

うるせえなあ。

仕方なくパジャマ姿のままドアを開けると、

「どうしたのよ！」

母親がいた。

白髪まじりの髪をほつれさせ、小柄な体で仁王立ちして荒い息をついている。

「母さんこそ急にどうしたんだよ」

「電話に出なくなったって真弓さんが言うから心配してきたんじゃない。だめだからね、早まったことしちゃ」

「なに言ってんだよ」

苦笑しながら家に上げると、母親はあらためて、よかった、と安堵の息をついた。まったく真弓もよけいなことをしゃべってくれたものだ。このところ巷《ちまた》でやたら自殺事件が起きているものだから、母親としてもあわてたのだろうが、いくら頭は抱えていても、そんな馬鹿なことをするおれじゃない。

「ちょっとひとりで考えたかっただけだって」

なだめるように言うと、慎平はコーヒーのお湯をわかしにかかった。すると母親が、慎平の起き抜けのベッドを整えながら言った。

「だけど独立独立って、そんなに思い詰めることないと思う。あなたはまだ若いんだから、とりあえずまたどこかの会社に就職して挑戦し直すっていう手だってあるんだし」

「そんなに思い詰めてやしないって」

「でも新しい事業、難航してるんでしょ?」

「そのうちなんとかなるって」

「なるかしらねえ」

低い声で呟くと、母親は言いにくそうに続けた。

「あのあと、いろいろ考えてみたんだけど、正直いってあたしも、お父さんの意見には賛成なのよ。高齢者のためになにかしようっていう考えは、もちろんいいことだと思う。でも、あの事業のやり方っていうのは、せっかくお父さんたちが楽しみではじめたことを、悪い言い方で申しわけないけど、横取りするみたいな感じがするのね」

遊び場のない子供たちが、小遣いで広場を借りて遊んでいた。すると、なんの関係もない男が、突然ずかずか踏み込んできて、子供たちの意向もきかずに猫なで声を出した。

こんどから、この広場は、ぼくが仕切ってあげよう。もちろん、お小遣いの徴収もぼくがやってあげるし、ついでに広場で祭やイベントも開いてあげるから、そのときも、ちゃんとお小遣いを出すんだよ。

あまりにも一方的な話に、子供たちのリーダーのひとりが、冗談じゃないと怒りだした。そんなの嫌だと拒否した。困った男は、こんどは、こっそりべつのリーダーを取り込もうと出かけていったものの、これまた相手を怒らせて大失敗してしまった。

それでも男は諦めない。自分が間違っているとは露ほども考えず、もっとべつな方策はないものかと頭を悩ませている。

「なんかこう、今回の話って、最初から最後まで姑息《こそく》なだけで、ちっともお父さんたちの気持ちを考えてないと思うのね。もちろんあたしとしては、お父さんがまた会社会社って夢中になってるのは嫌だわよ。だけどそれとこれとはまたべつな話で、とにかくお父さんたちを利用した事業で独立しようなんて、そういうのって、やっぱりよくないと思うし、やめてほしいのね」

「だけどそれは」

慎平が反論しかけると、ピーッとお湯がわく音がした。

話を中断して慎平はインスタントコーヒーの瓶をとりだした。が、瓶の中身はカラだった。

「お昼、食べに出ない?」

母親が、ほつれた髪を手櫛で整えながら言った。

近所にある蕎麦屋《そばや》まで二人でぶらぶら歩いた。

外はいい天気だった。まもなく師走ということもあって風がちょっと冷たくなりはじめているけれど、まだ身が縮むほどではない。むしろ逆に、家に閉じこもりっぱなしだった体を目覚めさせてくれるようで、慎平には心地よかった。

「だけど親父、ほんとに楽しんでるみたいだな」

ジーンズのポケットに両手を突っ込みながら慎平は言った。

「どこが楽しいんだか、あたしにはさっぱりわからないけど」

母親が微笑んだ。

「そりゃ親父にとっちゃ楽しいよ。モノと金が動かない以外は、なにからなにまで本物そっくりの会社なわけだから。真弓の話じゃ、まるでむかしにもどった気分になってるらしくて、会社じゃ別人のように生き生きしてるらしい」

「やっぱりあのひとって一生あのままなのかしらね」

母親が俯く。

「もう割り切ったほうがいいよ。会社ってもんが染みついちゃってんだから。母さんは母さんでどんどん外に出ていけばいいんだよ」

「どんどん外に出ろって言われたって、毎日、出ていくところがあるひとはいいんだけどね」

母親は、はにかむように肩をすくめた。

蕎麦屋は賑わっていた。長寿庵というなんの変哲もない店なのだが、昼時とあって客であふれている。

小上がりの座敷に運よく席を見つけて母子差し向かいになった。となりは営業マンらしき二人連れだった。かつ丼を食べながらノートパソコンをひろげて、在庫がどうの納品がどうのと大声でやり合っている。

「熱心ね」

母親が小声で言った。慎平は黙ってうなずいた。

「やっぱり本物の会社のひとたちって、夢中になるにしても迫力が違う気がする」

そう言い添えると、チラチラ横目で観察している。

「そりゃフェイクと本物とじゃ、やってることはおんなじでも背負ってるリスクが段違いだからさ。おなじ競馬の予想でも、馬券買うのと買わないのとじゃおもしろみが全然違うようなもんで」

「なのに馬券を買うほうを敬遠したっていうことは、やっぱりお父さんも歳をとったっていうことなのかしらね」

母親はくすくす笑う。

自分たちが話題を提供しているとも知らずに、あいかわらず営業マンたちは声を張り上げていた。そして、話の合間にかっこんでいたかつ丼を食べ終わるやいなや、ぱたりとノートパソコンを閉じ、そそくさと店を飛び出していった。

急に静かになった席で、母子二人、蕎麦を啜った。

食べはじめてすぐに慎平は、意外に空腹だったことに気づいた。考えてみればゆうべ、酒のつまみに冷凍パックの餃子とフライドポテトをつまんだきり、アルコール以外のものはなにも腹に入れていない。

半ライスも頼むか。そう思って顔を上げた瞬間、母親が箸をとめた。

「本物にしてあげたら？」

唐突に告げられた。

「え？」

意味がわからなかった。

「お父さんの会社、本物にしてあげて」

「本物？」

「さっきのあなたの話だと、お父さんたちの会社って、お金とモノが加われば本物の会社になるってことでしょ」

「まあ理屈としては」

「しかも本物だと、食事中も夢中になるほどおもしろくなるわけでしょ」

「それはまあ」

「だったら、あなたがスポンサーさんといっしょに本物にしてあげれば、お父さんたち、もっと喜ぶんじゃない？」

「ただそうなるとリスクも段違いに大きくなるわけで」

「だからその大変な仕事は、あなたたち若いひとがやってあげればいいのよ。お金とモノは若いひと。それ以外は、いまのまんま、お父さんたち。分担すればいいじゃない。それに、そうすれば利益だって出るようになるんだから、お父さんたちがお小遣い出し合う必要もなくなるじゃない。これなら、あなたの事業にもなるし、お父さんたちも利用されるわけじゃないから納得してくれると思うし、一挙両得じゃない！」

15

母親の思いつきは、つまりこういうことだった。

以前真弓も言っていたように、フェイク会社は、人・モノ・金・情報という四輪のうち、人と情報の二輪だけを回すことで本物の会社をシミュレートしている。ということは逆に言えば、そこにモノと金をプラスすれば、すぐにでも本物の会社になってしまうということでもある。

だったら最初から本物の会社をやったほうが楽しかったじゃないか、という考えも成り立たなくはない。が、現実にはそう簡単にいくものではない。それが大変だからこそ、父親の賢三たちはあえて本物を避けてフェイク会社という選択をしたわけでもある。

そこで母親は考えた。その大変な部分に関しては、パワーもねばりも野心もまだまだ旺盛《おうせい》な、若い世代が担当すればいいじゃないか。老練な二輪と快活な二輪が合体すれば、まったく新しい本物の四輪駆動会社が生まれるじゃないか。

たしかにこれは一挙両得の発想ではある。が、それでほんとうに事業として成立するだろうか。また頑固な父親がその気になってくれるだろうか。母親を最寄りの駅まで送って別れたあと、あらためて慎平は考えた。

ただ、このアイディアには、二つの意義がある。

第一に、この会社が成功すれば、超高齢化社会に向けて、これまでにないシニア雇用ネットワークシステムが誕生することになる。

いわばゴルフのシニアリーグではないが、最盛期を過ぎた人材も臆《おく》することなくのびのびと働ける場が生まれる。飛距離は出なくとも、経験に裏打ちされた燻《いぶ》し銀《ぎん》のプレイを披露できる晴れ舞台が用意される。

第二に、このシニア雇用ネットワークシステムは、まったく新機軸の高齢者福祉にもつながる。

つまり、最盛期が終わったらいきなり仕事を奪われるのではなく、経済面を重視した労働から働く喜びを満たすメンタルケア重視の労働へシフトできる環境が整うことになる。物理的な年齢でリストラするのではなく、個々人の仕事に対するスタンスに応じてフレキシブルに労働環境を提供できるようになる。

仕事を辞めたとたん急激に老け込んだという話はよくきくところだが、このシステムによって、どれだけの高齢者が救われることだろう。

しかも、この会社は高齢者社員たちがボランティアで勤務する。

この点からすると、はたして会社という呼びかたが適切かどうかわからないが、それはそれとして、社員たちが最初から金銭的な見返りをもとめていない。それどころか自分の小遣いを持ち出してまで喜んで働いている。会社にとって、これほどありがたい前提条件はない。

もちろん、本物の会社にするからには小遣いの持ち出しはなくすべきだろうし、また将来的には、ちょっとした小遣いぐらいは支払うべきかもしれない。

それにしても、通常ほど多大な人件費がかからないぶん、格段に有利な事業展開がはかれるわけで、最終的に、全国規模の壮大なシニア雇用ネットワークシステムを確立するうえでもそれは大きな力になる。

一方で課題もある。現状のフェイク会社では食材商社的な仕事をやっているが、本物の会社として成立させるうえで、それでよいのかどうかだが、これについては、ひとつ切り口がある。この事業の意義は、超高齢化社会に向けて老いた世代と若い世代がともに仕事を共有し、新機軸の企業社会をつくっていく点にある。その意味からすれば、食材に限らず、理想の高齢化社会づくりに必要な業種に広げていかなければならないのではないか。

たとえば、高齢者世帯への給食宅配事業はどうだろう。給食宅配と外食産業をリンクさせれば、老若両世代にメリットのある新業種が生まれるのではないか。

また介護事業に進出して、乳幼児を世話する保育園との連携は考えられないか。今後、介護の日常化がクローズアップされるのと同様に、男女雇用機会均等法の定着に伴い、乳幼児を気軽にあずけられる身近な保育施設の抜本的整備も不可欠となる。

要は、いまや高齢者の問題を考えることは若い世代も含めた社会全体のことを考えることなのだ。

若い世代の都合から考えるのではなく、まずは高齢者の視点から発想して、それを若い世代のフィールドにも反映させていく。この逆からの発想こそが、この先、高齢者人口が増えれば増えるほど必要とされるはずなのだ。

課題はまだある。

資金だ。とりあえずは二谷社長が出資してくれるし、人件費も極端に少なくてすむわけだから初期段階の立ち上げは可能だろう。それでも、本格的にシニア雇用ネットワークシステムを機能させるとなれば、さらに多くの出資者を募らなければならないだろう。かつては社会の第一線で活躍していたみんなの人脈を掘り起こして、新たな資金需要に応えられる体制をつくらなければならない。

お金のことでいえば、もうひとつある。金とモノを担当する慎平も含めた若い世代の報酬はどうするか、という点だ。

若いものは当然ながら正業として参加するわけだから、楽しみとして働くシニアとは違って、金銭的な見返りもなければならない。給料もボーナスも昇給もなければならないわけで、そうなったとき、シニアたちは納得してくれるだろうか。年寄りばかりをただ働きさせる気か、と言いだす人間が出てこないともかぎらない。

だが、この点に関しては楽観的に考えるしかないと思う。

小遣い持ち出しというかたちでフェイク会社が成立しえたのだ。フェイク会社とおなじ感覚で、働く楽しみさえ味わえればいいと納得してくれるのではないか。

「ちょっと楽観的すぎない?」

受話器の向こうの真弓が言った。

その日の深夜、呼出音を復活させた電話に真弓から連絡が入った。

息子は無事でした、と母親が連絡したらしく、真弓が余計なことしゃべるからだぞ、とひとしきり文句をつけたあと、この話になった。

「けど、青写真描くには、ときには楽観論も必要だ」

「それにしても、フェイク会社が成立してるっていっても現実には問題も出てきてるわけだしね」

「問題って?」

「たとえば、このまえの桐峰さんじゃないけど、ほかにも派閥問題が起きてるわけよ。

お金になるわけでも出世してどうなるわけでもない会社ごっこにすぎないのに、人間ってておかしなもんよね、いつのまにか派閥ができて張り合ってるの」

社員が出張土産で買ってきたお菓子が、なぜか一部の社員にだけ配られなかったり、オフィスの片隅に置かれた肩もみマシンを、ある社員だけ使わせてもらえなかったり、やけに子供じみた派閥間の鞘《さや》当てが繰り広げられているらしい。

支社によっては、もっと派手な派閥抗争に発展しているところもあって、親分肌の社員が同僚をごっそり引き連れて別会社をつくってしまった、といった分裂騒ぎすら起きているという。とりわけ独立系のフェイク会社ではそうした傾向が強いようで、いまや独立系戦国時代と称されるほど各地の独立系の離合集散による再編成が進んでいる。

こうした状況下、直系の本家本元で桐峰が慎平の父親に対して露骨に嫌悪感を示したことも特別なことではない、と真弓は言うのだった。

「だけどそんなこと、親父はなにも言ってなかったぜ」

「いちいち言いやしないわよ。どうせ遊びなんだから、遊びのルールさえ守ってくれれば、あとは好きにやってなさいっていうのが建て前だもの。派閥抗争だって、会社ごっこの彩りのひとつっていう考え方もできるわけだしね。ただ問題なのは、会社ごっこではそれでいいとしても、これがもし本物の会社になって、ほんとうにお金が絡んできたらどうなるかよね。いくら人生経験豊かな高齢者だからって、みんながみんな、好々爺《こうこうや》とはかぎらないんだから」

「うーん」

さすがに考え込んだ。せっかく前向きになっていた気持ちが萎えてきてしまう。

会社にいるころは、けっこう強引に仕事を進めるタイプだった。ちょっと真弓に突っ込まれたぐらいで考え込むようなことは、まずなかった。だが、これが会社を辞めて独立するということなのだろうか。リスクはすべて背負い込まなければならない。それが頭の片隅にあるだけで、こうも弱気になるものかと思い知らされる。

「けど、たしかに、あたしもアイディアとしてはおもしろいと思うよ」

しゅんとしてしまった慎平を気づかってか、真弓が急に明るい声をだした。

「ただちょっと老婆心っていうので言っただけなんだから、そう弱気になんないでよ。それでもあなたがやるって言うなら、それはそれで、せいいっぱい協力するからさ」

一転して殊勝なことを口にする。

が、慎平は黙っていた。ここが勝負どころなのはわかっていた。ここで踏ん切りをつけられるかどうかで、この独立の成否が決まる。やらなければだめなんだ。いまこそやらなければだめなんだ。ただただそう自分に言い聞かせていた。

受話器の奥では、まだ真弓がしゃべり続けている。

16

冷たい雨の中、目黒のフォルテ・コーポレーションに出かけた。

気がつくと十二月も中旬をむかえ、街にはクリスマスの飾りつけとジングルベルがあふれ返っていた。傘に埋もれて歩くだれもが白い息を吐きながら追われるようにどこかに向かっていく。

丸と三角の珍妙なフォルテビルの中も、やけに落ち着かない空気に包まれていた。

廊下を行きかう社員は、ほとんどが早足。眉間《みけん》に皺を寄せて書類に見入りながら、携帯電話に怒鳴りつけながら、同僚と大声でやりあいながら飛び回っている。忙しいというよりは危機感に衝き動かされて右往左往しているようにも見える。

二時の約束だったが、二谷社長が応接室に飛び込んできたときには二時四十分をまわっていた。

「なんだ、きみか」

慎平の顔を見るなり、二谷社長は小さく舌打ちした。アポはとっていたにもかかわらず、秘書から伝わっていなかったのか、どすんとソファに腰を下ろすなり、

「で？」

と顎《あご》をしゃくった。これにはむっとしたが、とりあえずは感情を押し込めて、すぐに本題に入った。

「じつは事業計画を変更したいと思いまして」

「変更？」

新しく書いた企画書を差し出して、まずは変更に至った経緯を説明した。父親が反対したこと。桐峰の取り込みも不発だったこと。しかし、回り道した結果、新機軸の事業を思いついた。

「それがこの新しい企画です」

さっそく企画のプレゼンをはじめた。が、プレゼンは何度も中断された。五分もしないうちに電話が回されてきて、受話器をとるなり社長は、

「たのみますよ、あと三日だけ時間をいただきたいと、はい、それはもうかならず、ほんとにどうも恐縮至極に存じます」

電話相手にやたら頭を下げていたかと思うと、こんどは秘書がメモをもってきて、あたふたと席を外す。

　十分ほどしてようやく戻ってきたものの、また電話に邪魔され、せっかくのプレゼンが台無しじゃないかと苛々していると、

「わかった、あとは企画書を読んどく」

　電話を切るなりそう言い残して応接室を出ていってしまった。もちろんプレゼンは、その時点で打ち切りになった。

　降りしきる雨の中、目黒駅に引き返した。

「わかった、あとは企画書を読んどく」

　二谷社長の最後の一言がずっと耳の奥に残っていた。

　せっかく気合を入れたプレゼンだったというのに、やけに軽く扱われたことがショックだった。二谷社長は慎平の事業に対する興味を失ってしまったのだろうか。あるいは、師走のこの時期は、いつもあんな感じでバタバタしているものなのだろうか。

　もし慎平の事業に興味を失ったのだとしたら困ったことになる。これまで慎平は二谷社長の資金援助を前提に事業計画を立ててきた。もし資金援助が受けられなくなったらすべてが立ち行かなくなる。

　いや、そんなことはありえない。いまさらそんなことになるわけがない。師走のこんな時期にプレゼンしたこっちが悪いのだ。

　ふいに頭をもたげた心配を打ち消しているうちに目黒駅に辿り着いていた。雨足が強

くなる中、小さな折り畳み傘をさして歩いていたものだから、スーツも靴も鞄もずぶ濡れになっていた。

駅のホームに上がって雨水を払い、鞄に入れてあった携帯電話を確認すると、母親から何度も着信が入っていた。電車に乗る前に折り返してみると、

「あれ、いい感触だったわよ」

開口一番、母親が明るい声で言った。

「あれって?」

「お父さんよ。きょうの朝、ちょっと話してみたら会社のほうに来いって」

それで話が見えた。じつはその後、母親に頼み事をしていた。新たな事業計画書を携えて、もういちど父親を説得しに行きたいから根回ししておいてほしいと。

「いまからさっそく行ってみたら?」

母親がすすめる。

「いまから?」

この状況で父親に会いに行って大丈夫か不安に駆られた。

「なに言ってるの、あなたはあなたで不安があるかもしれないけど、こういうことはタイミングなんだから」

「それはそうだけど」

「鉄は熱いうちに打たなきゃ。行くよね?」

そう言われると引けなくなる。母親としては息子のために一生懸命やってくれているのだし、こっちから頼んだ手前もある。真弓から告げられた「それでもあなたがやるって言うなら、せいいっぱい協力するからさ」という言葉もふと思い出して、

「わかった、いまから会いに行ってみる」

腹を決めて電話を切った。


姫ヶ丘駅前商店街の「株式会社ごっこ」に着いたのは午後六時すぎだった。いい意味で意表を突きたいと考えてアポなしで訪問した。

父親は会議中だった。待たせてもらいます、と告げると応対に出た社員がオフィスの片隅の古びたソファをすすめてくれた。おかげで、初めて訪れた父親の会社をじっくり観察することができた。

桐峰の会社と比べて、父親の会社にはのびのびとした空気が流れていた。オフィスの壁に檄文や営業成績表がベタベタ貼られていることもなければ、怒声が飛び交っていることもない。定時の退社時刻はとっくにすぎているというのに、外回りから帰社してきた年配の社員たちが、コーヒーを片手に和気あいあいと、きょう一日の成果を報告し合っている。

三十分ほどで父親の会議が終わった。会議に参加していた社員たちを従えて会議室から出てくる父親の姿には、社長らしい貫禄が備わっていた。これが会社にいるときの父親の顔なのか、と誇らしいような照れくさいような気持ちになった。

さっき応対してくれた社員が慎平の来社を伝えてくれた。父親はちょっと驚いた表情を見せたが、すぐに慎平のほうにやってくると、右手を口元に運びながら言った。

「一杯やるか」

17

姫ヶ丘商店街の裏路地に、藍地《あいじ》に小料理と白抜きされた暖簾《のれん》を掲げる店があった。フェイク会社を創業してまもなく、この理想的な店を見つけたのだと父親は言った。

会社帰りに立ち寄る店には条件がある。そこそこの狭さ、そこそこの賑わい、そこそこの味に、そこそこの値段。やたら出しゃばる店主もいなければ、やたら無茶な酔っぱらいもいない。燗酒二、三本に、つまみを一、二品。同僚と二人でそこそこいい気分になったところで、千円札の三枚も置いて、そこそこに引きあげる。そんな飲み方ができる店でなければならない。それが父親のこだわりだった。

都心に通勤していたころは新橋やら有楽町やらに、そうした行きつけの店を何軒か確保していた。ところが定年をむかえてからというもの、そうした店にはとんとご無沙汰《ぶさた》している。

都心への通勤がなくなったのだから当然といえば当然なのだけれど、たまに用事があって都心に出かけたときも、なぜか当時通った店には立ち寄ったことがない。会社帰りというシチュエーションでないというだけで暖簾をくぐる気にならない。そこらへんの呼吸が、なんとも不思議なものだと父親は笑う。

　この小料理屋にしても、フェイク会社をはじめなければ、たとえ店の存在を知っていたとしても生涯縁がなかったに違いない。うるさすぎず、静かすぎず、まずくなく、高くない。父親の会社帰りの条件にぴたりとはまるだけに、逆に、毎日図書館通いをしていたころであれば、まず立ち寄らなかったろうという。

「鰯《いわし》、いってみるか?」

　父親が言った。

「いってみましょう」

　慎平は答えた。

　カウンターで肩を並べたものの、話のとっかかりがみつからなくて、二人とも妙に他人行儀に振舞っていた。

　なにしろ、こうして二人で外で飲む機会など一度もなかった。父親にしてみれば気恥ずかしかったのだろうし、慎平にすれば、いまさら父親と飲んだところで、という思いがあった。

　これが親父の理想の店なのか。慎平はあらためて店内を見回してから、

「話したいことがあってさ」

　ようやく切り出した。

「きいたよ、母さんに」

　父親が小さく笑った。そして、息子の杯に酒を注ぎ足すと、ふと真顔に戻って続けた。

「この親父ときたらどうしようもない会社人間だ、と思っているだろう」

　慎平は言葉に詰まった。

「いや、答えなくていい。おまえがそう思っていることぐらい重々承知している。ただ、おまえにどう思われようが、父さんたちにとって会社ってものは、だいじな親であり、かわいい子供でもあるんだ」

　ちょっとばかり身の上話をきいてくれるか。父親はそう断わると、先を続けた。

　賢三が大学を出て就職したのは昭和三十年代初頭だった。

　世はようやく戦後処理を終えて、「もはや戦後ではない」という流行語とともに電気冷蔵庫、電気洗濯機、テレビが三種の神器と騒がれる神武景気が訪れ、よし、日本もいよいよこれからだと威勢のよいかけ声がそこここで飛び交う高度経済成長前夜の胎動期を迎えていた。

「だが、そのころの会社といったら、いまの時代からしたらちっぽけなものだった」

　敗戦とともに戦前の財閥が解体されて国内経済は大混乱に陥り、戦地に何十万もの働き手を奪われた影響もあって、すべての企業が崩壊寸前だった昭和二十年代をやっとの思いで乗り越えたものの、まだまだ企業としては半人前だった。

ソニーの前身、東京通信工業が、無茶だ無謀だと揶揄《やゆ》されながらも社運をかけてトランジスタラジオ第一号を誕生させたのは、ちょうどこのころだったし、本田宗一郎率いる本田技研工業が、苦心惨憺《さんたん》の末に初のオートバイ「ドリーム号D型」を世に送りだしたのも、まさにこのころ。いまや世界を駆けるソニーもホンダも、町工場に毛が生えた程度の中小企業として試行錯誤の日々をおくっていたのだった。

そしてそれはソニーやホンダにかぎった話ではなく、いわば当時は、日本国中にベンチャー企業があふれていた時代だったといってもいい。

「もちろん、大きな会社もないわけではなかった。が、たとえ大きかろうが小さかろうが、いずれも戦後の焼け跡を這いずりまわって一から再スタートした会社がほとんどだ。その意味では会社の大小にかかわらず、ベンチャー企業的な上昇志向をもたないことには、いつ潰れてもおかしくない時代だったわけだ」

そんなハングリーかつ激動の時代にサラリーマンとしての一歩を踏み出した賢三にとって、ゆとりやら安定やらの枕詞《まくらことば》つく生活は夢のまた夢だった。

会社を一歩成長させれば、自分たちの生活も一歩上向く。会社を二歩成長させれば、生活もまた二歩上向く。

とにもかくにも、いま所属している会社を大きく成長させることだけが、自分にも自分の家族にもゆとりと安定をもたらすための唯一の方法だった。

いまにしてみれば会社一筋の会社べったり人間かもしれないけれど、しかし、いつ出し抜かれるかわからない、喰うか喰われるかのその時代にあっては、べったり会社に張りついて奮闘努力しないことには生き残ることができなかった。生活していくことすらできなかった。

「そう考えてみると、いま、おまえが事業を興して独立を成し遂げようと頑張っているのとおなじことを、われわれの世代はみんながやっていたことになる」

そして、その努力が報われた。やがて高度経済成長の波が押し寄せてくるや、会社の勢いも急加速しはじめた。

売上はうなぎのぼり、利益も急上昇、本社は立派なビルに建て替えられ、支社はまたたくまに増殖し、社員は大量採用、給料は上がり続け、ボーナスはふくらみ、各種の福利厚生も拡充されていった。

おかげで家庭の中でも家電製品をつぎつぎ買い揃えるわ、憧《あこが》れのマイカーを手にいれるわ、男子一生のマイホームも購入するわと、見事なまでのマイ高度経済成長も達成した。

「それもこれも、われわれの会社べったりがあったればこその話ではないか。もしわれわれが毎日律儀に定時出退勤して、週休二日もきっちりとり、盆暮れ正月もゴールデンウィークも、祝祭日も有給休暇も慶弔病魔に襲われたときも、家庭万歳プライベート優先とばかりに休んでいたら、いまの日本はどうなっていたと思うんだ」

なのに、ようやく豊かになったころになって寄らば大樹とばかりに大量入社してきた連中ときたらどうだ。

艱難《かんなん》辛苦の末に、やっとのことで会社を育てあげた賢三たちをつかまえて、やれ会社人間だ、やれモーレッ社員だとあざけり笑うのだから呆れ返る。

まったくいい気なものではないか。最初からゆとりと安定を保証された上での家族主義、ゆとり主義、プライベート主義。もちろんそれも悪くない。いやむしろいいことなのだろう。がしかし、そうして商家の二代目ぼんぼんのごとく、安楽遊蕩《ゆうとう》にうつつをぬかしていられるようになったのは、いったいだれのおかげだと思っているのか。

「だが、ここにきてようやくやつらも目が醒《さ》めたことだろう。二代目ぼんぼんが享楽生活に溺れたがために、栄華の時代は弾け飛び、気がついてみれば借金だらけの左前だ。この顛末には呆れるのを通りこして笑ってしまうが、まあしかし、ふたたび目を血走らせてがつがつ闘う時代がやってきたことは、ある意味、いい薬といえばいい薬だろう」

しかも賢三のころはゼロからのスタートだったが、いまや借金を抱えたマイナスからのスタートだ。

それでも、いまだに会社人間をあざ笑う風潮は尾を引いているが、まあみているがいい。人間、喰うか喰われるかということになったら、やることは変わらない。賢三たちをあざ笑った連中も、おなじことを繰り返すにきまっているのだ。

「だから正直に言えば、おまえがいま、独立して成功しようと奮闘していること自体は父さんも認める。父さんたちのあの時代とおなじように、おまえだってある意味で会社人間的に頑張っているわけだからな。だがいいか、ここからが大事なところだが、こうして父さんもおまえを認めているんだから、おまえも父さんたちを認めてくれ。いまようやく手にした老後という豊かな時間の中で、いまいちど会社生活を振り返り、いまいちど人生を追体験したくなった父さんたちの気持ちも、どうかわかってほしい。そして」

そこで言葉をとめると、賢三は、この小料理屋にきて初めて息子に向き直り、その目を見据えた。

「そして、そうした意味も含めて、父さんはこのまえ本気で怒った」

賢三はふたたび杯を手にすると、ゆっくりと喉を潤した。

初めてきく話だった。いつもの慎平だったら、うんざりしているほど長い話だったが、今夜にかぎってはその言葉のひとつひとつが身にしみた。

カウンターに沈黙が訪れた。

二人でしばらく沈黙を嚙《か》みしめた。そして一杯二杯と、たがいに杯を進めたところで、父親が口をひらいた。

「どう言ったらいいかわからんが、いまの話をわかってくれたという前提で話すんだが、おまえの新しい事業計画、母さんからきかせてもらった。なかなかおもしろいアイディアだと感心した」

めずらしく、ほめ言葉だった。どうやら母親は、それが彼女の思いつきだとは言わなかったらしい。

「いまのフェイク会社を若い世代の協力のもと、高齢者を核にした全世代をネットワークする会社として発展的に生まれ変わらせる。これは思いもよらない発想だった。そのアイディアをきいて、われわれは、ただ会社生活を振り返り、ただ人生を追体験しているだけでいいのだろうかと真剣に考えさせられた。だから父さんは」

そこで言葉を呑み込むと、父親は黙って右手を差し出した。手打ちの握手を求めている。

が、慎平は急に照れ臭くなって、一瞬、ためらってから、杯を掲げて乾杯のポーズだけとってみせた。

18

それからというもの、慎平は新たな事業の下準備に大車輪で飛び回りはじめた。世間は年末年始ムード一色だったが、それどころではなかった。なにしろやることはいくらでもある。

まず第一に、本物の会社として四輪駆動事業を展開するにしても、とりあえずは、どこから手をつけたらいいか決めなければならない。

給食宅配事業と外食産業の接点を探るのか、介護サービスと保育事業の連携を推し進めるのか、高齢者の知能技能と学校教育との融合を目指すのか、あるいはもっとほかの主老従若システムを模索するのか、方向性はいくらでもある。

そこで、この点に関してはマーケティングのプロである真弓と、実際に高齢者である母親も交えて基本コンセプトを詰めることにした。

給食にしろ介護にしろ高齢者の核心を握るのは女性ではないかと考えたからだ。もちろん男の意見も加味はするけれど、まずは女性たちの意見を吸い上げて真弓の市場分析手法によって再構築してもらうことで、これまでにない取っ掛かりが見えてくることを期待した。

同時に、若い世代が仕切るセクションのフレームワークにも乗り出した。金とモノを担当するといっても、現実にはどのように関わっていけばよいのか、それがいまひとつ曖昧《あいまい》なままだからだ。父親たちのフェイク会社がやっている仕事との役割分担を明確にしておかないことには、あとあと混乱のもとになる。

そこで慎平は、自分たちの役割は「資金センター」と「物流センター」の統括にあると位置づけた。金については父親たちの会社にも経理部があるが、それとはべつに社内銀行的な部署である「資金センター」をつくり、そこから経理部に資金を融資したり余剰金を運用したりするシステムを確立しようと考えた。

じつはこれ、日本のある電機メーカー・グループがグループ内の決済一元化を目指して実施しているファイナンシャルセンター計画をまねて考案したものなのだが、出資者たちと直接渡り合う生臭い仕事は、若い世代のパワーで仕切れるようにした。

一方のモノについても、発注納品や在庫管理などはすべて父親たちの会社でできてしまう。したがって、単純にモノを移動させたり保管したりする、いわば力仕事の部署である「物流センター」に若さを注入することにした。

こうして見取図ができたところで人材の手当てにかかった。

物流センターは、まとまった設備投資が必要となるため、当面は外部委託でいくことにした。こちらからは責任者を一人出向させて物流現場のノウハウを身につけてもらい、将来的に自前の物流センターを開設する際の立役者になってもらおうというわけだ。

一方の資金センターは、そう簡単にいく話ではない。金のことを外部委託してはあと心配だし、かといって、ちゃんとした金融のプロが、どう転ぶかわからないベンチャー事業に、おいそれと参加してくれるとも思えない。年が明けてからは、若い世代の金融マンを資金センターの責任者としてスカウトすることに全力を注いだ。

商社時代の人脈はもとより、学生時代の先輩同輩後輩から行きつけのショットバーの飲み仲間からネットのメール友だちから近親遠縁の従兄弟再従兄弟まで、あらゆるツテをたどって人探しをした。

すると、人間前向きに動いているときは運にも恵まれるもので、サッカーのファンサイトの掲示板で知り合ったカツヒコというメール友だちが、最近倒産して話題になった都市銀行に勤めていたことが判明した。しかも慎平にとって幸運だったことに、カツヒコはいまも求職中だった。

さっそく会いに行って企画書片手に口説いたところ、

「おもしろい話だなあ。じつは今回の倒産劇を経験したことで、既存の大企業の中で生きることに疑問を感じはじめてたとこなんだよね」

カツヒコは身を乗りだして、慎平の企画書をもとに自分なりに資金センター構想を練り上げてみたい、と申し出てくれた。そればかりか、元同僚たちにも声をかけてみるから資金センターの仕切りをまかせてくれないか、とまで言ってくれた。

おもしろいことになってきた。

いつだったか二谷社長が話してくれた分散型ネットワークシステムという考え方を思い出した。父親世代が仕切るオフィスセンター、慎平世代が仕切る資金センターと物流センターをネットワークさせることで巨大事業を成立させようという考え方は、まさしく分散型ネットワークシステムそのものではないか。

これならいけると思った。この流れをさらに深めていけば、この事業は間違いなく成功に辿り着ける。慎平の中に確信が芽生えはじめていた。

そんなある朝、寝起きの慎平に電話がかかってきた。こんな朝っぱらからだれだ、と受話器をとるなり、

「どういうことだ！」

怒鳴りつけられた。父親だった。

「どういうことって？」

目を擦りながら問い返すと、

「どうもこうもない！　おまえはいつからくだらん寝技を使う輩に成り下がった！」

父親が最大級の怒りを爆発させていることだけはすぐわかった。が、なぜそこまでの怒りをぶつけられなくてはならないのか、それがわからない。

あの小料理屋以来、父親とは会っていなかった。

事務的な用事で何度か電話で話したことはあったが、おたがい仕事に忙殺されていて、それ以上の接触はなかった。といって、その間、父親に怒られるようなことをしでかした覚えはない。あの晩の別れ際にしても、とても友好的だった。

あのとき慎平は最後に、持参した企画書を父親に差し出した。すると父親はそれをぺらぺらめくりながらこんなことを言った。

「青臭くやろうじゃないか」

「青臭く？」

「この会社ごっこをはじめるとき、われわれは『絵空事』『馬鹿正直』『度外視』という三つの企業理念をひねりだした。そのときは冗談半分で考えたことでもあったんだが、しかし、いまにしてみると、なかなかいい企業理念をぶちあげたものだと自惚れる気持ちもないじゃない」

昭和三十年代初頭に会社勤めをはじめた父親たちは、とにかく売上を伸ばして会社を大きくすることだけを考え、やれることとならなんでもやった。

法の隙間《すきま》を抜け目なく探してまわり、犯罪すれすれの綱渡りは日常茶飯事。ままよとばかりに本物の違法行為に突き進み、首の皮一枚でまんまとお縄をまぬがれたことも一度や二度ではない。

見つからなければなんでもあり。裏をかき、隙を衝き、足元をすくい、相手を出し抜くことばかり考えて仕事をしていた。そして、たまに良心がうずいたときには、これも過渡期を生き抜くための緊急避難だ、こんな時代だから仕方ないんだと自己正当化していた。

だが、そうしてやってきた結果が、いまのこの時代だ。仕方ないんだと自己正当化しつつ巨大に成長した企業は、どうなったか。

結局、いまだに裏にまわれば、当時と変わらない汚れ仕事を繰り返している。総会屋汚染しかり、飛ばし粉飾決算しかり、談合体質しかり、過剰接待まみれしかり、近年になってつぎつぎに暴かれている企業の悪行を見聞するたびに、いったいどこが緊急避難だったのかと良心の呵責《かしゃく》に苛《さいな》まれる。

「いまさら遅すぎたのかもしれない。盗人たけだけしいと非難されるかもしれない。それでも、せっかくいまから新しくはじめることなんだ、あの失敗だけは繰り返したくないじゃないか。今後の進行については基本的におまえにまかせるが、しかし、あの青臭い企業理念だけは、どうか忘れないでいてほしい。青臭いやりかたを笑ってはいけないんだと肝に銘じてほしい」

あのときの父親の言葉は、いまも慎平は忘れていない。そして、その言葉どおり、ひたすら青臭く突っ走ってきた。「馬鹿正直」に「度外視」して「絵空事」を実現しようと頑張ってきた。

なのに父親はなにを怒り狂っているのか。突然の怒りの電話に、慎平はうろたえるばかりだった。

父親の怒声は罵声に変わっていた。

「親を手玉にとるのが、そんなに楽しいか！　間抜けな野郎とせせら笑っていたか！　もう知らん、おまえのことなど一切知らん！」

最後は捨《す》て台詞《ぜりふ》を吐くなり父親は電話を叩き切った。

「飛ばすからね」

19

春川真弓がヒーターのスイッチを切るなりアクセルを踏み込んだ。

ぬくぬくと暖かいコクピットでは切れのいい運転はできない。それがドライバー真弓の主張で、いつもの慎平なら、この真冬に勘弁してくれと文句のひとつも言うところだが、きょうにかぎっては口を閉ざして助手席で一冊の雑誌に目を落としていた。

父親に怒りをぶつけられた直後に実家の母親に電話した。が、電話口に出た母親は、いまはなにも話したくない、の一点張りで、とりつくしまがなかった。怒りをあらわにすることこそなかったが、母親も父親とおなじ心境らしかった。

なにがあったというんだ。

途方に暮れた慎平は真弓に助けをもとめた。仕事中の彼女に電話して、母親から事情だけでもききだしてくれ、と頼み込んだ。

が、その日は結局、真弓からの連絡はなかった。

じりじりとした一夜を過ごした。ここで父親たちにへそを曲げられてしまっては、せっかく目途がつきはじめた事業が白紙に逆もどりだ。ろくに眠れぬまま夜明けを迎えて、いまさらキャンセルできない打ち合わせに出かけていった先で携帯電話が鳴った。

「大変なことになってる。いまから時間とれる?」

真弓の声は切迫していた。緊急事態だと察して以後の約束はキャンセル。午後三時すぎに真弓と落ち合い、姫ヶ丘ニュータウン目指して高速に飛び乗った。

「だけどお袋、どこでこれを見つけたんだろう」

雑誌に目を通し終えたところで慎平は口を開いた。

「見つけたんじゃなくて、社員のだれかが送り付けてきたんだって。これはいったいどういうことかって」

追越車線の彼方を見据えたまま真弓が答えた。時速はなんと百五十キロを超えている。

「とにかくおいしいことばっかり書いてあるよなあ」

雑誌を閉じて慎平が言うと、

「夢のようなフランチャイズだよね」

と真弓が苦笑した。

『月刊開業転業ＦＣ報』と題されたこの雑誌は真弓が買ってきてくれた。

いわゆる独立志願者向けの専門誌で、フランチャイズ店の経営ノウハウから新規開業のポイント、転業成功事例集、繁盛店リポート、店舗物件売買速報などフランチャイズ経営のあらゆる情報が網羅されている。

その巻末にずらり収録されているFC募集広告の特集ページに、問題の広告は載っていた。

広告は全部で四ページにわたって展開されていて、どのページも小さなカットイラストのほかは、派手な色づかいの文字がぎっしり詰め込まれていた。

『みすみすお店を潰すより、フェイクでじゃんじゃん儲けなさい』

これが最初のページのキャッチフレーズだった。

それに続いてやけに景気のいい見出しがこれでもかと並ぶ。

・高齢化社会先取り転業で大繁盛！
・赤字転じて月商一千万円達成！
・立地も坪数も関係なし！
・手間いらずで儲かる新システム！

・ノウハウすべて本部が提供！

さらに細かい説明書きのなかにも、「大儲け」「大繁盛」「らくらく」「チャンス」といった煽《あお》り文句がやたらと目につく。

細かい説明書きを読むまでもなく、これはまさしく慎平が最初に父親に提案して拒否された、フェイクFCコーポレーションの募集広告だった。

広告主は「フェイク会社フランチャイズ店の募集広告だった。

広告主は「フェイクFCコーポレーション」。社名こそ初めて目にしたものの、しかし、その真下に記された住所を見ると、姫ヶ丘北三丁目。これでピンときた。念のために名刺入れに入れたままになっていたあのときもらった名刺を確認してみると、思ったとおり、「株式会社得意先」の住所にぴたり重なった。

「これじゃ親父が怒って当然だよなあ」

慎平はため息をついた。

「どうみたって、あなたと桐峰さんが組んで抜け駆けしたとしか思えないもんね」

前を塞いでいる車を煽りながら言うと、脇に退いた車を一気に抜き去ってから、

「で、どうしてやるの？」

真弓がきく。

「殴りつけてやりたいところだけど、年寄りを殴っても顰蹙《ひんしゅく》買うだけだし、とりあえ

ずは桐峰の言い分をきくしかないだろうなあ」

慎平はダッシュボードの上にFC雑誌を放り投げた。

「どっちにしても、面倒なことになるってわけね」

そう言って眉を寄せると、真弓はまた一台追い抜きにかかった。


高速を飛ばしたかいあって四十分で姫ヶ丘に着いた。

姫ヶ丘駅の北口から続く国道バイパス沿いにある雑居ビルに近づくと、その壁面には大きな看板が掲げられていた。もちろん「株式会社得意先」の看板ではない。雑誌の広告と同様、やたら派手な色づかいで、「フェイクFCコーポレーション」と描かれている。

勢い込んで二階に上がり、意を決してドアを開けると、社内もすっかりフランチャイズ本部に改装されていた。壁の貼り紙は剝がされ、オフィス空間の半分は応募者との面談スペースにあてられ、すでに何組かの応募者が説明を受けている。

応対に出たのは、以前、桐峰を訪ねたときに挨拶を交わした社員だった。

「社長は出かけてますが」

拍子抜けした。用件が用件なだけに、逃げられてもまずいと思い、電話もしないで乗り込んだのが馬鹿だった。せめて在社の確認ぐらいしておけば無駄足を踏まずにすんだものを、慎平も真弓もやはり動転していたのだろう。

行き先をきくと、ついさっき目黒に出かけたと教えてくれた。どうやら途中で擦れ違ってしまったらしい。それとなく広告の反響もたずねてみると、思いのほか大反響で予想以上の数の応募者が押し寄せているという。

皮肉な話だが、慎平が最初に考えたこのフランチャイズ計画も、まんざらではなかったことになる。が、もちろんそれを素直に喜ぶわけにはいかない。あのときは冷たく突き放しておきながら、まさか企画をパクられようとは思いもよらなかった。

「どうしようか」

車にもどったところで真弓がきく。

「そうだなあ」

「お義父さんたちの誤解をときにいく？」

「いや、それは早すぎる。まだ誤解をとくだけの証拠はなにもないわけだし」

父親たちの信頼をとりもどすには、それなりに手順を踏まなければむずかしい気がした。

「だけど臭うんだよなあ」

ふと慎平は考え込んだ。

「臭う？」

「だって、これって桐峰さんひとりだけで、できることか？」

「ああ、そういうことね」

あの男も絡んでいる。すでにそう直感していた。最初に裏切ったのはあの男に違いないと。

こうしてはいられない。慎平は携帯電話を取り出すと、あの男の秘書に電話を入れ、こんどはちゃんと在社を確認した。

「よし、またドライブだ」

真弓を促して、ふたたび高速へ駆け上った。

まもなく夕方のラッシュがはじまる。間に合えばいいのだが。

「大丈夫、間に合わせるから」

そう呟くなり、真弓がシフトレバーを叩き込み、アクセルを全開に踏みつけた。

それからの小一時間は生きた心地がしなかった。夕暮れどきの高速をしばらく飛ばして渋滞にぶつかるや、真弓はすぐさま一般道に降りて得意の裏道を駆使して爆走を続けた。それはもう暴走族ばりの無茶な運転だった。急加速、急ハンドル、急停車の繰り返しで知る人ぞ知る裏道をつぎつぎにクリア。真弓の運転には慣れているつもりの慎平も何度冷や汗をかいたかわからず、事故が起きなかったのが奇跡といっていい。

おかげで、混雑する時間帯だというのに一時間足らずで目的地の目黒に到着してしまった。

よし間に合った、とばかりに丸と三角を組み合わせた珍妙なビルに駆け込んだ。

ところが秘書嬢が、

「いましがた出ちゃいまして」

申し訳なさそうに頭を下げる。

「行き先は？」

「さあ、四谷のほうかも」

間髪容れず第二回裏道レースがはじまった。

目黒から四谷となると裏道難易度はさらに高くなる。が、難易度が高いほど真弓は燃える。路地から横町へ、横町から側道へと、ふたたび急加速、急ハンドル、急停車を繰り返して黄昏の東京を突き進んでいく。

もはや慎平にはどこをどう走っているのか見当すらつかなかった。とにかく事故だけは起こさないでくれ。ただひたすら平穏無事を祈りつつ助手席で足を踏ん張っているうちに、気がつくと見覚えのある四谷の大通りが見えてきた。おお、もうすぐだ、と安堵《あんど》した瞬間、目の前にバイクが飛び出してきた。ヤバい。息を呑んだ。が、間一髪、真弓はドリフトを決めて車体を横にずらし、バイクをやりすごした。すげーっ。慎平は唸った。対向車がいなかったのが幸運だったとはいえ、なんという女だ。思わず真弓の顔をまじまじと見てしまった。

「おまえと結婚すんの、こわくなったよ」

四谷荒木町の裏通りに到着するなり、そう言い置いて車を飛び降りた。

そこからさらに細い路地に入ると、目指す割烹料理屋がひっそりとたたずんでいた。

ご予約は？　という女将の声は無視してカウンターとテーブル席の合間を抜け、玉暖簾を分けた先の奥座敷の前まで進んだ。

やつは間違いなくここにいる。そう確信して、いきなり襖を開け放った。

「なんだおまえは！」

声を上げたのは予想どおり二谷社長だった。

その向かいでビールのグラスを手にポカンと口を開けていたのは、それも言うまでもない。「株式会社得意先」の社長、桐峰だった。

20

たまっていたアイロンがけをしていると、まだ午後六時を回ったばかりだというのに夫の賢三が帰ってきた。

「あら、もう終わり?」

声をかけると、うう、と唸ったきり黙って背広を着替えている。かなり疲れているようだ。帰宅したときの態度で、夫のストレスのたまり具合はすぐわかる。

このところは息子とのあいだに荒波が立っている。加えて会社関係にも不穏な空気が流れている。それがかなりの心労になっていることは間違いない。

「おれも焼きがまわったもんだよな」

居間のソファにどすんと腰を下ろすなり、賢三はめずらしく弱音を吐いた。黒縁眼鏡を外して指先で目頭を揉《も》みほぐしている。

「会社、二、三日休んだらどうです?」

このところ、ろくに休んでいないんだし、と恵美子がいたわると、賢三は躊躇《ちゅうちょ》のそぶりをみせて、

「いや、そういうことじゃなくて」

ソファから立ち上がると通勤鞄から書類を取り出し、恵美子の前のアイロン台にばさりと置いた。

その最初のページをチラリと見た恵美子は、あわててアイロンのスイッチを切った。書類は慎平から夫に宛てられた告発書だった。恵美子はそれを手に食卓に座ると、姿勢を正して目を通しはじめた。

告発書は二谷社長の話からはじまっていた。


急成長を続けてきた二谷社長のフォルテ・コーポレーションに転機が訪れたのは昨年初頭のことでした。会社の拡大を急ぐあまり、無理な投資と無節操な雇用を重ねた結果、会社全体のバランスが崩れはじめたのです。

それはいわば、いけいけどんどんの新興会社にありがちな、度を超した拡大戦略の破綻。そのままいけば、資金の回転に支障をきたし、無茶をして増やしすぎた直営店に足をひっぱられるかたちで、いっきに社業が傾く恐れがでてきたわけです。

そこで急遽、二谷社長が考えだしたのがグループ事業システムでした。といっても早い話が、折れそうになっている一本の矢も、何本か束ねれば折れないだろうという安直な思いつき。綻びから目を背ける逃げの発想でしかなく、さっそく周囲にもちかけてみたものの、経験に長けた事業家たちからは即座に事の本質を見抜かれ、簡単に話にのってくる人間はいませんでした。

困り果てた二谷社長は、それならばと、こんどは独立志向が旺盛な若手を利用することを思いつきました。

近ごろの若手は、金はなくともユニークなアイディアをもっている。そんな彼らに声をかけてまわれば金脈となるアイディアが転がり出てくるんじゃないか。それをちゃっかりすくいあげ、フォルテ・コーポレーションを引っ張ってきた二谷の手腕で事業化を後押ししてやれば、束ねる矢の二本や三本ぐらい手にはいる、と考えついたのでした。

その虫のいい考えに見事なまでに踊らされた間抜けな男が、ぼく、須河内慎平でした。

二谷の期待に応えて、ぼくはさっそくフェイク会社のフランチャイズ化というアイディアをもたらした。二谷は喜んだことでしょう。

なにしろすでにフェイク会社には、多くの高齢者を集めた実績があるわけで、そこに新たな資金をつぎ込むだけで、瞬く間に新規事業として立ち上がってしまうのです。これほど容易かつローリスクな矢は、そうそうあるものではありません。

まずは派手に宣伝してフランチャイズ加盟金と保証金を集めまくる。その金を本丸のフォルテ・コーポレーションに注ぎ込めば、とりあえずは一息つくことができる。二谷としては、そう皮算用したわけです。

ところが誤算が起きた。せっかくその気になっていたというのに、いざスタートという段階になって、フェイク会社の同意をとりつけられなかったぼくが企画を変更すると言いだしたからです。ちょうど昨年の年末。その時期、じつは二谷は本丸立て直しのための金策に奔走していたのですが、その最中にぼくが企画変更のプレゼンにやってきたのでした。

二谷は頭を抱えました。ただでさえ金策に行き詰まっているというのに、手っとり早く金が入るはずの企画が倒れ、高齢者の立場を慮《おもんぱか》ったことで比較にならないほど面倒でリスクも高い新事業をもちだされた。

冗談じゃない。そんな気の長い話を待っていたら、それが実現する前に本丸のほうが倒れてしまうではないか。

困った二谷は、ぼくを説得して以前の事業計画に立ち戻らせることも考えたようです。が、そこに至るまでの経緯を考えても、父親に似て頑固なぼくが、そう簡単に説得に応じるとは思えない。となれば、裏から手を回すほかない。そんな結論に達するまでに、さして時間はかかりませんでした。

そこで思いついたのが、話にきいていた桐峰というフェイク会社の社長の取り込みでした。桐峰ならきっと話に乗ってくると二谷は直感した。最初にフェイク会社を思いついた発想といい、それをかたちにしてしまった行動力といい、さらにはフェイクの得意先組織までつくってしまう大胆さといい、桐峰という男は、いまだ上昇志向を秘めた男に違いない。

裸一貫から成り上がった二谷だけに、そういう嗅覚だけは働くのでしょう。さっそく密かに接触をはかり、見せ金を積み上げて、こう切り込んだ。

「仲間と楽しくやるのも、そりゃいいかもしれません。だけど桐峰さん、あなたは、その程度の器じゃないでしょうが。早々と老け込んでどうします。ここらで一発、大きく仕掛けて、世間をあっと言わせてやろうじゃないですか！」

この言葉が桐峰の心を揺り動かした。父親を説得してくれと、のこのこやってくるようなぼくとは違い、威勢はいい、話はでかい、おまけに自尊心を見事にくすぐってくれる二谷にコロリとやられてしまった。

おれもまだまだいけるんじゃないか。ここは一丁、もうひと花咲かせてやるか。目の前に積まれた見せ金にも揺さぶられて、裏切り街道を転げ落ちていったというわけです。

恵美子は小さくため息をついた。慎平がどんな思いでこの告発書を書いたのか、それを思うと胸が締めつけられた。

もちろん、これが百パーセント事実だという証拠はない。が、ここに綴られた内容は、慎平と真弓がフォルテ・コーポレーションやフェイクFCコーポレーションの関係者およびその周辺に聞き込み調査した結果をもとにまとめたものだと但し書きがつけられている。恵美子としては百パーセント、信じていい内容だと思った。

さらに告発書の最後には、慎平が割烹料理屋の奥座敷に乗り込んだ際のエピソードも記されていた。

だしぬけに座敷に飛び込んできたぼくと相対した二谷と桐峰は、申し開きできないと観念したのか、即座に開き直りました。そう固いこと言わずに、と擦り寄ってきたのです。

「これはもともときみが考えた事業じゃないか。表も裏もあるのが事業というものだ。この際、がっちり手を組んで、いっしょに大きく儲けようじゃないか」

もちろんきっぱり断わりました。そんな誘いに乗った時点で、ぼくという人間が違う人間になってしまうと思ったからです。

「やっぱり、あなたの子ね」

恵美子が静かに笑った。賢三ゆずりの生真面目さが文面の端々から伝わってくると言うのだった。

賢三が白髪頭を掻いた。

「あらためて話をしたいと電話もかかってきた。だがこれは、こっちから出向いて謝らんといかんな」

「それはあたしも同罪よ」

恵美子は唇を噛んだ。

息子のことは信じたかった。が、信じたいと思いながらも疑いの眼差しを向けていた。なぜ息子を信じてやれなかったのか。恵美子はそれが悔やまれてならなかった。

「結局のところ、金が絡むと、こんなことになっちまうんだな」

賢三が苦笑した。

「なんだか哀しいわよね」

「まあ早い話が、事業ってものの本質自体が、抜け駆けしたりされたり、だれかを利用したりされたり、そういった要素をはらんでいるのかもしれんな」

「抜け駆けなし利用なしっていう事業は、できないものかしらね」

「だからそれが『絵空事』『馬鹿正直』『度外視』という理念に込められていたんだが、それがいかにむずかしいかってことなんだろうな」

賢三は、いつだったか会社帰りの小料理屋で相談役のマスターに進言されたことを思い出した。

桐峰が、ひとが変わったようにワンマン体制を敷いている。いま諫《いさ》めておかないと暴走しないともかぎりませんよと言われたにもかかわらず、そのとき返した言葉といえば、

「もうしばらく様子を見ていてやろうじゃないですか」

それだけだった。ぼんくらな役人さながらの先送り発言で、マスターの懸念を退けてしまった。あの時点で手を打っておけば、ここまでの事態には陥らなかったかもしれない。そう思うとさすがに自己嫌悪に見舞われた。

それにしても桐峰は、なぜそんな愚行に走ったのだろう。賢三にはそれがどうしてもわからなかった。

金がほしかったのか、賢三に反旗を翻したかったのか、それとも、ただ単に無茶がしてみたくなっただけなのか。正直、納得のいく理由が見つからない。

「だけど、これからどうするつもり?」

押し黙ってしまった賢三に恵美子がたずねた。

「どうするって？」

「フェイク会社よ」

「いったん休業するしかないだろうな」

「あたしは続けるべきだと思う」

「なんだ、突然会社の味方になったのか？」

「だってフェイク会社が悪いわけじゃないじゃない。抜け駆けなし利用なしの、ほんとにみんなが喜べる事業だったら、やっぱり続けるべきだと思うの。そうでなきゃ悔しいじゃない」

「しかしなあ」

賢三は天を仰いだ。言いたいことはわからないではないが、今回のことは、まだ終ったわけではないのだ。

これ以上、悪いことにならなければいいんだが。

不満そうな恵美子を横目に、賢三は胸の内でそう呟いた。

21

嫌な予感が的中した。

それから十日もしないうちに賢三のもとに一本の電話が入った。

「桐峰さんは、いらっしゃいますか?」

週刊誌の記者だった。誌名だけは賢三も知っていた。

「桐峰は、かなり前から、べつの会社にいるんですが」

「でも、須河内さんと一緒に会社をはじめたときききましたが」

「もともとのフェイク会社はそうなんですが、フランチャイズ事業のほうは彼が勝手にはじめたことでして」

「つまり、須河内さんはフランチャイズにはまったく関係ないと、そうおっしゃるわけですね?」

やけにねちっこい物言いだった。賢三は問い返した。

「あなた、どういう趣旨で電話されてるんです?」

「どういう趣旨って、とぼけないでくださいよ。まさか匿《かくま》ってるなんてことはないでしょうね」

「匿ってる?」

もちろん、とぼけてなどいるわけがない。裏切りが発覚するしばらくまえから、桐峰には会ったこともなければ電話一本もらったこともない。ましてや匿うとはいったいどういうことだ。

「被害者の方が探し回っているんですよ」

「被害者?」

「あくまで、とぼけるおつもりですか。そういうことでしたら、そういう書き方をさせていただきますが」

「なんだあんたは、いきなり電話してきて失礼だとは思わんのか!」

かちんときて声を荒らげた。が、記者は悪びれることなく、あらためて取材にうかがうつもりだと言い置いて電話を切った。

どういうことだ。

匿う。被害者。とぼける。

その一言一言からして悪い出来事が起きていることは確かにしても、それ以上のことはなにもわからない。だが、それから四日後の朝刊が事態を明らかにしてくれた。

記者が口にした週刊誌の広告にフェイクFCコーポレーションの名前が躍っていたのだ。

あわてて近所のコンビニで週刊誌を買ってきた。

フェイクFCコーポレーションの記事は、巻末スクープとして三ページにわたって掲載されていた。定年退職した元サラリーマンを喰いものにする「フェイク会社」なるもののフランチャイズチェーンを謳い文句に派手な広告を打ちまくり、多数のフランチャイジーを集めていたフェイクFCコーポレーションの代表が、応募者の加盟金や保証金とともに姿を消してしまった。そんな記事だった。つまりは、桐峰がおとり広告によって集められるだけ集めた金を持ち逃げした疑いがあるというのだった。

これは只事ではない。賢三はすぐさま桐峰の会社に電話を入れた。が、いくらコールしても電話は話し中で、何度めかにやっとつながった電話に出た社員は、もう何日も社長は出社していないと繰り返すばかりだった。

どうしたものか。思案に暮れていると電話が鳴った。慎平からだった。

慎平とは、その後、和解している。告発書を読んだ翌日、賢三のほうから出向いて謝罪した。息子を信じてやれなかった自分の至らなさを心から詫びたところ、慎平は思いのほか寛大に許してくれた。

「えらいことになっちゃったね」

慎平が言った。慎平も朝から週刊誌の記事の対応に追われているという。

「じつは二谷社長の会社にも電話したんだけど、やつも姿を消してるんだ」

「結局、最初から持ち逃げが目的だったってことか?」

「どうやらそうらしい。ひどい話だよ」

電話の向こうで憤慨している。

フォルテ・コーポレーションの経営が危うくなった二谷は、手っとり早い事業としてフランチャイズに走ったのではなく、もともと詐取目的で金集めをしていた。しかも桐峰はそれを承知で加担していたらしい。

これには賢三も怒りを通り越して呆れ果てた。電話を切ってからもしばらくその場にへたり込んで動けなかった。

ほどなくして先日の週刊誌の記者を皮切りに新聞社やテレビ局の記者から電話が殺到しはじめた。

彼らが知りたいことは二つあった。一つは桐峰と二谷の行方。もう一つは、賢三もじつは共犯者じゃないかという疑惑の真偽。

何人か応対したところで電話のコードを引き抜いた。どの電話も、賢三も共犯者だと決めつけているところが我慢ならなかった。ところが、小一時間もしないうちに、こんどはインターホンのチャイムが鳴りはじめた。記者たちが自宅にまで押しかけてきたのだった。

妻が何回かインターホンの相手をした。が、やがて妻も、インターホンに出なくなった。

「これじゃ、ご近所にも迷惑じゃない」

そう言うと妻はベランダに出て、隣家のベランダとの合間を仕切っている防火壁ごしに身をのりだして、洗濯物を干していた隣の奥さんに謝っている。

そうこうするうちに午後になった。追い討ちをかけるようにフォルテ・コーポレーションが倒産したというニュースが飛び込んできた。

午後のワイドショーの途中で、急遽、目黒の丸三角ビルの中継映像とともに、金を騙《だま》しとられた被害者や元社員の怒りの声も流された。

これでさらに事件の輪郭が見えてきた。事件の首謀者は倒産寸前の会社を抱えた二谷社長で、もはや会社を救うためではなく、二谷社長自身が逃亡するための資金集めにやったことらしかった。

「じゃあ桐峰さんは利用されたってことかしら」

妻の恵美子が呟いた。

「その可能性も高くなってきた」

「なんだか可哀想」

「しかし自分が蒔いた種だ」

賢三としては、いまさら同情する気にはなれなかった。

「でもこれでまた、いろんなひとが押しかけてきそう。真面目にやってたあたしたちが、なんでこんな目に遭わなきゃならないの？」

「これはちょっと対応策を考えなくちゃいかんなあ」

テレビの威力はさすがに大きく、須河内家の玄関前の廊下は、いつのまにか取材陣であふれ返っているようだった。

しかし、午前中に受けた電話からしても、こっちの弁明をまともにきいてくれる記者などいない気がした。だれもが須河内賢三も共犯者だと決めつけて押しかけてきている。そうとしか思えなかった。

それでなくてもこの国では、マスコミがつくりだした冤罪《えんざい》事件が頻発している。いちどマスコミに共犯者だと決めつけられてしまったら、もう取り返しはつかない。あとで真実がわかったところで、だれもなんの責任もとってくれないからだ。

だからとにかく、いまやるべきことは沈黙を守ることだ。うかうか出ていってしゃべったところで、共犯者ムードに油を注ぐ結果にしかならない。

まずは日が暮れるのを待つことにした。それまでは沈黙を守り通して、陽がすっかり落ちきった午後五時半ちょうどに行動を開始した。

着替えを入れたバッグを手に、二人でベランダに出た。隣家との境にある防火壁の隙間を覗き込むと、すでに向こう側に息子の慎平がいた。さっき隣家の奥さんに事情を話して連絡をつけてもらった。

さっそく慎平がドライバーで防火壁の取り外しにかかった。鉄枠に数本のビスで止められているだけの防火壁は三分もしないうちに外れ、須河内夫婦はまんまと自宅を抜け出した。

「世間もすぐにわかってくれますよ」

手助けしてくれた隣家の奥さんが笑顔で励ましてくれた。

親子三人、隣家の玄関ドアから外に出た。須河内家の玄関前には驚くほどたくさんの人間がたむろしていた。メモ帳片手に煙草をふかしている男。マイクを手に化粧を直している女。テレビのハンディカメラを置いてしゃがみ込んでいる男。

素知らぬ顔で外廊下を歩いて、すぐそばのエレベーターホールに向かった。運よくエレベーターが上がってきてドアが開いた。小太りのおばさんが降りてきた。

「あら須河内さん、なにかあったの？」

おばさんの大声が響きわたり、記者たちが振り返った。

エレベーターに飛び乗って閉ボタンを押すと間一髪、ドアが閉じた。記者たちが階段に走る音がきこえる。一階までの時間がやけに長く感じる。

ドアが開くと同時に三人は駆けだした。

管理人室の脇から団地の中庭に抜けると、そこで真弓が車で待っていた。慎平を先頭に息を切らして駆け寄る。

こっちだ。背後から声がした。もう追手が迫っている。動揺した母親が転倒した。慎平が抱き起こして車の後部座席に押し込んだ。続いて慎平と賢三も乗り込み、ドアを閉めた瞬間、一人の記者が車に追いついた。真弓がタイヤを鳴らして車を急発進させた。

意地になった記者が、新聞社の社旗をはためかせたハイヤーを呼びつけている。真弓がバックミラーを何度も確認しながら苛ついている。ふだんならハイヤーの一台ぐらいわけなく振り切れるのだが、団地内の狭い通路には年配の住人が行き交っているものだから、なかなかスピードが出せない。ようやく団地の外の一般道に出たときには、記者を乗せたハイヤーに追いつかれていた。

「飛ばします」

真弓が宣言した。一般道に出れば真弓の独壇場だ。ふたたびタイヤを鳴らして急加速したかと思うと、見る間にハイヤーを引き離しはじめた。その走りに挑発されたのだろう、ハイヤーの運転手もプロ根性を発揮して飛ばしはじめた。それからはまさに公道のカーチェイス状態だった。二台の車は轟音を立てて姫ヶ丘の街を駆け抜けていく。

「真弓さん！　危ないですよ！」

初めて真弓の暴走運転に接した母親が悲鳴を上げた。父親も真弓の豹変ぶりに仰天して後部座席で固まっている。

それでも真弓はアクセルを踏み続けた。都心方面に向かう裏道に突入するや、得意の急加速、急ハンドル、急停車を繰り返して追いすがるハイヤーを余裕で突き放し、気がついたときには慎平のマンション前にゴールインしていた。

「助かった」

父親と母親が顔を見合せて声を上げた。それは新聞記者から逃れられた安堵の声というよりは、真弓の運転から解放された喜びの声といったほうがよかった。

22

独身男の狭苦しいマンションで親子三人、しばらく暮らすはめになった。

マスコミのほとぼりがさめるまでは息を潜めているしかない、と覚悟を決めた。

ところが、三日たっても五日たっても一週間たっても、週刊誌もタブロイド夕刊紙もテレビのワイドショーもフェイクFC詐欺事件の話題一色だった。その後の過熱取材のおかげもあって、新事実がつぎつぎに明らかにされたからだ。

まず判明したのは持ち逃げされた金額だった。被害者総数は約五百五十人。一人平均一千万円の金を支払った。つまり被害総額は五十五億円。

トランクに詰めると、こんなすごい量になるんですよ、とワイドショーが模擬五十五億円を再現してみせたものだから、あれをたった二人で山分けしたのか、いや最終的には二谷社長が独り占めしたに違いない、といった憶測が飛び交った。

「まったくもって卑劣な行為だと思います。不景気に泣いている店主たちのなけなしの投資金を騙し取ったわけですから」

コメンテーターはそう口を揃えた。

が、須河内賢三にしてみれば、この不景気に一千万円もの金を投資できる店主がそれほどいたことに逆に驚いた。

預金高世界一ともいわれるこの国の底力は、まだまだはかりしれない。

その意味で、もともとこのフランチャイズ事業を考えだした慎平は、なかなかのビジネス眼を持っていたことになる。

二谷社長と桐峰の過去も、連日の報道でつぎつぎに暴かれていった。

とくに二谷に関しては、最初のうちこそハウスクリーニング事業の失敗劇だけがおもしろおかしく語られていたが、しだいに、それ以前のほんとうの過去が明らかにされていった。

十一歳のときに両親が離婚して以来、苦労の連続だった。そう公言していた二谷だったが、じつは彼の両親は、いまも地方の田舎町で地道に働いていた。二谷が幼いころから小さな総菜屋を夫婦二人で切り盛りし、質素で堅実な生活を営んできた。にもかかわらず、派手好き遊び好きの二谷は飽きたらなくなり、十七歳のときに両親の虎の子の貯金をくすねて家を飛びだした。

上京してからの彼はとにかく一発当てようと、両親の貯金を元手に、つぎつぎに事業に手をだしていく。ただし、まともな事業は移動式ピザ屋とモツ鍋食べ放題店と、最後に運よく成功したハウスクリーニング業ぐらいのもの。ほかは、健康衣料通販という名の女子高生ナマ下着通販だったり、人材派遣業という名の外国人女性の置屋だったり、アイドルビデオ安売店という名のアイドル隠し録りビデオの元締めだったりと、儲かるとあらば裏街道ビジネスだろうとおかまいなしだった。

しかも、どんな商売に手を染めたときも失敗したときの逃げ足だけは早かった。口が達者なこともあって、身近なお人好しに尻拭《しりぬぐ》いを押しつけ、瞬く間に逃げ去ってしまう。

たまらないのは尻拭いを押しつけられたお人好しだ。大枚の借金を肩代わりさせられ、人間関係のもつれに翻弄され、その挙げ句に身に覚えのない恨みをかって命まで狙われるなど、踏んだり蹴ったりの目に遭っている。

そんな出鱈目な人間が、なぜまたふたたび新たな事業で復活できてしまうのか。それが不思議でならないのだが、その裏には天才的といっていいほど巧みな二谷の人心掌握術があった。十一歳で親を選ばされた、といった人情話で泣かせたり、あえて自分の悪い噂を口にするような巧妙な話術を駆使して、まんまと術中に陥れてしまう。

息子の慎平にしてもそうだった。せっかく同僚が忠告してくれたにもかかわらず、逆に同僚を訝しみ、突き放してしまった。なぜ、あの時点で見抜けなかったのかとさすがに悔しがっていたものだった。

きれない哀しさが漂う。

そんな根っからの悪人ともいうべき二谷社長に比べて、一方の桐峰の過去には、やりきれない哀しさが漂う。

桐峰の過去については、賢三も以前、小耳にはさんでいた。妻と離婚したばかりに企業内での地位まで追われたという日本企業ならではの悲哀に多分に同情的だった。が、今回、マスコミによってあばかれた彼のほんとうの過去は、そうした理解を超えたものだった。

医者の家に生まれ、天下の赤門から財閥系企業の一員となった桐峰は、入社後も上司の覚えめでたく順風満帆。将来を嘱望されるエリートだったところまでは、賢三が知るところとおなじだった。

ところが入社六年目、桐峰はひとつの策を弄した。たとえ赤門出のエリートとはいえ、財閥系企業の出世競争は熾烈を極める。そこで彼は、上層部とのより強い絆《きずな》をもとめて、当時の重役の娘と結婚することを思い立った。あらゆるツテをたどって重役の娘に接近した彼は、身を粉にして尽くした。そして一年後には、医者の家系も有利に働いたのか、見事に重役と姻戚《いんせき》関係を結ぶことに成功した。

それからの二十年は彼の絶頂期だった。ゆくゆくは重役まで上り詰める幹部候補生と衆目も一致して、エリート街道を突き進んだ。

栄華の時代が一転したのは、四十代も後半のことだった。ある日、突如として妻から離婚を宣告されたのだ。もともと政略結婚と割り切っていた桐峰は、最初から妻を女として見ていなかった。女は外につくればいいと考え、それを実行に移していた。が、いくら巧妙に繕ったところで、そんな打算が妻に伝わらないはずがない。深く傷ついた妻は、子どもが大学に入学したその当日、待ちかねたように三行半《みくだりはん》を叩きつけた。そして、その日を境に彼の会社人生の凋落《ちょうらく》がはじまったのだった。

この真実を知ったとき、賢三は居たたまれない気持ちになったものだった。桐峰ほど切れる男なら、生臭い策など弄さずとも出世の道ぐらいひらけたろうに、なぜそこまで踏み込んでしまったのかと。そして最終的には、二谷のような男の口車に乗せられて、第二の会社人生でも失敗してしまった。これも結局は同根の煩悩に発していることは間違いないだけに、それが哀れでならなかった。

巷では、おそらく桐峰は人里離れた場所で消し去られているに違いない、といった噂でもちきりになっている。そうした噂話を耳にするたびに、賢三の胸は痛んだ。自分が裏切られた悔しさもないではないが、それにもまして、「絵空事」「馬鹿正直」「度外視」という企業理念を、桐峰はどんな思いで心に響かせていたのだろうかと。

「結局、良かったときにしても悪かったときにしても、桐峰さんは会社の魔力に振り回されてたわけでしょ。だから逆に今回は、自分の思うがままに会社を振り回してやりたいと思ったんじゃないの？」

恵美子はそう言った。だが賢三はべつの感慨をもった。

「というより彼は、会社が怖かったんじゃないかな。会社が恋しくはあるけれど、会社の怖さを知っていたがゆえに生々しい会社になることを恐れて、フェイク会社というものを思いついた」

その意味では、賢三が考えていた「ごっこ」と、桐峰が考える「ごっこ」には、かなりの隔たりがあったことになる。賢三は会社人生のシミュレーション、という検証行為に喜びを見いだしていた。が、桐峰は、理想の会社をシミュレートすることでトラウマ的に染みついていた会社の恐怖を拭い去ろうとしていた。

「だから、いざシミュレートが理想のかたちでまわりはじめてワンマン社長となって会社に対する自信をとりもどしたとたん、暴走しはじめてしまった」

「会社っていったい、なんなんでしょうねえ」

恵美子が眉を寄せた。

「なんなんだろうなあ」

賢三はふと、全国各地の五万人とも十万人とも言われるフェイク会社の社員たちに思いを馳せた。

フェイクFC詐欺事件が発覚した当初、全国各地の直系独立系も含めたフェイク会社に所属する社員たちは沈黙した。自分たちの楽しみが、こんなかたちで利用されたことにショックを覚え、だれもがふさぎ込んでしまった。

ところが、その沈黙が裏目に出てしまった。事件の解明が進むにつれて各メディアともネタに困ってきたためなのか、この事件を生んだそもそもの温床はフェイク会社にある、とするフェイク会社バッシングがはじまったのだ。

それでも最初は、定年退職者の滑稽な遊びとして嘲笑《ちょうしょう》する程度のものだった。が、しだいにバッシングがエスカレートしはじめた。とりわけ一部の週刊誌は書きたい放題で、エロじじいが集う秘密クラブだの、高齢犯罪者の合法的アジトだの、なかにはカルト宗教まがいの狂信集団として糾弾にかかるメディアまであらわれた。

まさに毎度おなじみの報道という名の弱いものいじめが展開されたわけで、ここまで言われっ放しではさすがにフェイク社員たちも黙っていられなくなった。過熱報道の陰で一時帰休状態に追い込まれていた全国の社員たちが、あんまりではないかと声を上げはじめた。

たとえば新聞には、こんな投書が寄せられた。

フェイク会社は、健全なる老後の楽しみとして生まれた知的ゲームである。にもかかわらず、今回、一部の不逞《ふてい》の輩の逸脱行為により不幸な事件が起きてしまった事は、まことに忸怩《じくじ》たるものがある。

しかるに、さらに憂慮すべきは、その一部の逸脱をしてフェイク会社自体を否定しにかかる現在の風潮である。今回の事件において、我々フェイク社員も実は被害者なのである。きたる高齢化社会に向け、新たに根付きつつある老後の楽しみを奪い取る権利が、いったい誰にあるというのか。

場合によっては人権侵害とも言わざるを得ない由々しき現状に、一フェイク社員として憤りを抑えきれない近頃なのである。


当然ながら須河内賢三も投書人とまったくおなじ気持ちだった。

フェイク会社が悪いのではない。フェイク会社を利用して悪事を働いた輩が悪いのだ。なのになぜフェイク会社の社員全員が責め立てられなければならないのか。

「そろそろ須河内さんの出番ではないですか」

ある日の晩、ひさしぶりに相談役のマスターから電話がかかってきた。

事件発生以来、自分が所有している元喫茶店のオフィスを休業にせざるを得なくなったこともあり、

「また脱サラするはめになるかもしれませんね」

と言い残して旅先に姿を消していた。

五十歳にして脱サラして喫茶店を開いたマスターも、もとはといえば賢三と同様に高度成長期を突っ走ってきた会社人間だった。婚期を逃してしまうほど仕事に打ち込み、ようやく部長に昇進したある日、すべてに嫌気がさして転身をはかった。転身の具体的な理由については、親しくなったいまも口にしようとしない。ただ、酒の席で一度だけその話になって、ストレートに質したことがある。

「どうして会社に嫌気がさしたんです？」

「会社ってものには、人間のエゴがそっくり映っちゃうものなんですよ。その映ったエゴに吐き気がしちゃったもんですからね」

それ以上、具体的な答えは返ってこなかった。

が、賢三には彼の言いたいことがよくわかった。会社は法人、法のもとの人と書くが、まさに会社は人そのものであって、人の品格がそのままあらわれるものなのだ。

そんな思いを抱えていたマスターですら、やはり会社というものには郷愁を覚えた。

そして、ひょんなことからフェイク会社に参画したばかりに、結局はこんな目に遭っている。それはある意味、個人のエゴが映った会社に、いまふたたび翻弄されているともいえるわけで、まったくもって皮肉な話だと言わざるをえない。

「旅先にいても、つまらない悪口を言われているのを見聞きするたびに哀しくなっちゃいましてね。やはり、ここで須河内さんが出ていってわれわれの思いをぶちまけてくれないことには、みんなの気持ちもおさまらないと思うんですよ」

電話の向こうで、マスターは何度もそのことを強調した。せいいっぱい感情を抑制したその声をききながら、賢三はあらためて悔恨の思いに揺さぶられた。あのとき、マスターの忠告にきちんと耳を傾けていさえすればここまでの事態には追い込まれなかった。

「あたしも、そろそろあなたの出番だと思うわよ」

ある日、恵美子も、ぽつりと言った。

「ああ、そうしようかと思う」

賢三はうなずいた。フェイク会社の発起人のひとりとして、いまこそ責任を果たさなければならないと思った。

23

ひさしぶりに背広にネクタイを締めた。閉め切ったままの自宅に置いてあったせいか、ちょっとばかり黴《かび》臭かった。

背広というのは不思議なもので、毎日着ていると体の一部のようにぴたりと馴染《なじ》んでくれるのだが、ちょっと仕事を離れただけで、妙によそよそしい態度をみせはじめる。定年を迎えて毎日背広を着る必要がなくなっても、なんだか寂しくて、しょっちゅう背広を着ているというひとがいる。定年直後の賢三も、おなじような感覚に見舞われて意味もなく背広を着て歩いた記憶がある。

が、いくらそうやって背広を着たところで、不思議と現役サラリーマンでないことがわかってしまう。なぜか背広姿がしっくりきていないからだ。プロ野球選手ほど野球のユニフォームが似合うひとはいないとはよく言われることだが、おそらくは背広も、その類のユニフォームなのだろう。

姫ヶ丘ニュータウンの自宅マンションには、ゆうべ遅く、春川真弓が運転する車で帰ってきた。

「カーチェイスは勘弁してくれよ」

賢三が釘をさしておいたこともあって、タイヤを鳴らしたり急ハンドルを切ったりすることなく、安全無事に到着した。

心配した取材記者も張り込んでいなかった。賢三に対する共犯疑惑からフェイク会社バッシングへとメディアの関心が移ってしまったことから、もう張り込みの必要はなくなったのだろう。ガランとした玄関前の廊下を目にしたときには、あのベランダからの逃亡劇は、いったいなんだったのかと、虚しくなったものだった。

慎平と真弓は、すでに元喫茶店オフィスに出かけている。

賢三が記者会見をやる、と発表した直後に、旅に出ていたマスターがひょっこり帰ってきてオフィスを開けてくれることになったのだ。

「もうフェイク会社をやることもないでしょうから、この機会に喫茶店にもどして営業してくださいよ」

賢三はそう勧めた。ところがマスターは、

「それはだめですよ。またいつでもフェイク会社をはじめられるようにしておかないと、社員が困っちゃうじゃないですか」

と言って微笑んだ。

今回、旅に出ているときに腹を決めたのだという。これからの自分には、ふたつの選択肢しかない。ひとつは、もういちどフェイク会社をスタートさせて生涯それに打ち込む。しかし、もしそれが叶《かな》わないのだとしたら、全財産を処分して違う国へでも移住する。喫茶店に返り咲く気持ちなど百パーセントない。それがマスターの本音だった。

いずれにしても、今回の記者会見が賢三にとってもマスターにとっても今後の人生の分岐点になることは間違いなかった。

そして、そうした思いは一時帰休中のフェイク社員たちもおなじだったのか、応援に駆けつけたいという電話がつぎつぎにかかってきた。

いまごろは、そんな社員たちの手によって、元喫茶店オフィスの中に記者会見場が設えられていることだろう。

「原稿はもった？」

妻にきかれた。

「ああ」

賢三は背広の胸をぽんと叩いた。

ここ数日間、何度も練り直して仕上げた原稿が、内ポケットに入っている。まず冒頭にこれを読み上げてから、各社挙手による質疑応答にはいる。そうした段取りも、今回、記者会見を仕切ってくれることになった真弓とすでに打ち合わせ済みだった。

午前十一時過ぎ、妻に見送られて駅前商店街へ向けて歩きだした。

季節は冬から春に移ろうとしていた。そういえば一年前、初会議をやったあの日も、桐峰と二人、この道を歩いたものだった。芽吹きはじめた街路樹を見上げた瞬間、ふとそんなことを思い出した。

ゆっくり歩いたつもりが十五分ほどで着いてしまった。自分では、もうすっかり心の準備も整い、リラックスしているつもりでいたのだが、やはりどこかに緊張感が残っていて足が急いてしまったということだろう。

ひとつ深呼吸してからオフィスのドアを開けると、中はすっかり記者会見場につくりかえられていた。

ドアを入っていちばん奥が会見席になっている。会議用の長テーブルの上に白いクロスが掛けられ、どこから借りてきたのか、拡声用にカラオケセットのマイクが置かれている。

ほかの備品類は壁側にきちんと積み上げられていて、椅子だけが会見席に向けて並べられている。

「お元気でしたか?」

記者会見場に見とれていると、手伝いにきていた社員たちが、つぎつぎに声をかけてきた。

こうした事態に対応するためとはいえ、ふたたびオフィスに出てこられたことがだれもがうれしくて仕方ないらしく、

「ひさしぶりに背広にネクタイを締めて、身も心もシャンとしましたよ」

賢三とおなじような感想をもらして笑っている。

ただ、そうした笑顔を見ているうちに、ひとつ気づいたことがある。彼らとは何年も会わなかったわけではないにもかかわらず、どの顔も、やけに老け込んでいたのだ。

騒ぎの余波でフェイク会社が休業したとたん、どの社員もまた行き場所がなくなった。そこで以前とおなじように、茶の間でテレビを見たり、図書館でぼんやりしたり、公園のベンチで居眠りしたり、絵に描いたような退屈な日々を過ごすようになった。その退屈が、わずかな期間のうちにも老いを進行させてしまったということなのだろう。そういえば旅帰りのマスターも、白髪オールバックの髪型こそ変わらなかったが、ずいぶんと背中が丸まって見えた。

いったい自分はどうなんだろう。賢三はふと、おのれの姿を鏡に映してチェックしたい衝動にかられた。

「午後一時開始と告知してあるので、カメラのセッティングのことも考えると、遅くと

も十二時半には集まりはじまるはずです。とりあえず、食事だけはすましておきましょうか」

仕切り役の真弓が、仕出し弁当を配っている。オフィスの模様替えに精をだした社員たちが、それぞれに箸を使いはじめる。

高齢者にとってはけっこうな力仕事だっただけに、めずらしく食が進んでいる。が、賢三は控え室がわりの会議室にひとりこもって記者発表する原稿の最終チェックに励んでいた。

気がつくと、十二時半を回っていた。

そろそろ記者たちが集まっているかもしれない。会議室のドアをそっと開けてようすをうかがった。

だれもきていない。まだ早かったかと、ふたたび原稿に集中しているうちに十二時五十分になった。

ドアを開けると、まだだれもいない。

「どうしたんでしょうねえ」

社員のひとりが浮かない顔をしている。

「ちゃんと告知したはずだよな」

慎平が真弓に確認している。

じりじりしていると、午後一時をまわったころ、ようやくひとりの記者が姿をあらわした。そして、それを機に二人三人と他社の記者たちも集まりはじめた。

それでも、一時十五分すぎまで待ってやっと記者が六人。会場を設営しているときには、カメラの場所とり合戦で喧嘩になることもあるらしいとか、このスペースでテレビカメラが全部入りきれるだろうかとか、いろいろ心配していたというのに、テレビカメラどころかスチールカメラマンすらひとりもやってこない。

が、これ以上待ったところで状況は変わらないだろう。困惑しながらもそう判断して賢三が会議室を出ようとしたそのとき、マスターがやってきて耳元で囁いた。

「大物官僚が逮捕されたみたいなんです」

このところ疑惑が囁かれてきた官僚のひとりが、ついにお縄になった。そんな一報がテレビのニュース速報で流されたことから、いまやどのメディアもひっくり返るような騒ぎになっているらしい。

その瞬間、賢三の緊張の糸がぷつりと切れた。ああそうですか、と思った。あれだけ騒ぎ立てておきながら、ほかの騒ぎが起これば放ったらかしですか。

賢三はチェックを重ねた原稿を投げ捨てると会議室を飛びだした。

この何週間かの間、振り回され続けたあれはなんだったのかと、腹の底から憤りがこみ上げてきた。

会見場に入ると、何十人ぶんも並べられた椅子席に離れ離れに座った記者たちが、ようやくおでましですかとばかりに物憂げに顔を上げた。が、ひとりの記者は携帯電話で話し込んでいて、忙しげにメモをとり続けている。

「本日は、お忙しい中、ご苦労様です！」

会見席についた賢三がマイクをわしづかみするなり声を張った。カラオケセットのスピーカーがびりびり音を立てた。突然の大声に、携帯電話の記者がやっと目を上げた。

「まず最初に事実関係について申し述べておきます！　今回の不幸な詐欺事件におきましては、巷間《こうかん》、わたくし須河内賢三も共犯者ではないかとの失礼千万なる憶測が飛び交っておりますが、そうした事実は一切ございません！　さらにまた全国のいわゆるフェイク会社を称して、やれ秘密エロクラブだ、やれ犯罪アジトだ、やれカルト集団だと、心ない誹謗《ひぼう》中傷を浴びせかける輩もおるようでありますが、そうした事実もこれまた神にかけて一切ございません！　今後、そのような事実無根のデマ情報を撒き散らす輩については、告訴も辞さぬ覚悟をもって対処してゆく所存であります！」

荒い息をつきながら賢三は黒縁眼鏡ごしに記者たちを睨みつけた。

ところが、賢三の興奮ぶりとは対照的に、記者たちはメモもとらずにつまらなそうにしている。

なんだこいつらは、と思った。ひとりの男が、ここまで感情を爆発させているというのに、こいつらには感受性というものが備わっていないのか。

賢三はあらためて、ひとりひとりの顔を睨《ね》めまわした。

それでも記者たちは無表情のまま賢三がつぎに発する言葉を待っている。これには拍子抜けした。と同時にこの連中に向かってなにか言うことに、どれほどの意味があるのだろう、という絶望感に襲われた。

賢三は、ひとつ深呼吸をした。それから、会見席の椅子にもたれかかって鷹揚に足を組み、ふたたびマイクを口元に近づけると、

「今回のことでは、わたしも考えさせられましたよ」

と苦笑いした。それはもはや記者たちに向けられた言葉ではなかった。この場に同席している社員たち、そして全国各地でフェイク会社の再開を心待ちにしている社員たちに向けて、賢三は語りはじめたのだった。

「なぜこんな遊びをはじめたんだろう。しかも、なぜそれが会社でなければならなかったんだろう。そんな疑問が、いまにしてようやく解けた気がするんですよ。じつはわたしには、会社を辞して以来、ずっと胸の奥にくすぶり続けていた思いがあったんですね。自分は会社に利用されてきたんじゃないか。高度経済成長のために利用された挙げ句に、ぽいと捨てられたんじゃないか。そんな思いが、いつまでも消えることなく不完全燃焼していたんですね。しかし、それは違うんだ。自分はちゃんと役に立ってきたんだ。自

分が会社にいたことにはちゃんと意味があったんだぞと、それを確認し、納得し直すために無意識のうちに産みだしていた装置、それがフェイク会社だった。そう思うんですね。つまりわたし、いや、わたしたちは、そうした道具立てなしには自分自身を振り返ることすらできなかった。そんな、いじらしいまでの気持ちだけは、世間のひとたちにもわかってほしかったんですよ。ですから」

そのとき、ひとりの記者が席を立った。携帯電話で話していた記者だった。するとそれを好機と踏んだのだろう。残りの記者たちも、つぎつぎに席を立ちはじめ、無言のまま会見場から出ていった。

だが、賢三は語り続けた。今回、フェイク会社に関わり合ったすべての人間のために、いつまでもいつまでも語り続けた。

24

平日昼下がりの市立図書館には、四つのタイプの人間がいた。

絵本を物色する幼児連れの主婦。外回りの息休めに訪れた若いサラリーマン。行きどころのなくなった還暦すぎの男たち。そして、独立に失敗して行きどころを探している結婚したての三十男。

四番目のタイプの男、須河内慎平は、彼の父親に会うためにわざわざここまでやってきた。実家に寄ってみたところ、九十九パーセントの確率で図書館にいるはずだと母親に教えられてきたのだった。

姫ヶ丘ニュータウンを訪れるのは二か月ぶりになる。

その後、事後処理やらなんやらのゴタついた作業に続いて、引っ越しや結婚といった私事でバタバタしていたこともあって、なかなか顔を出せないでいた。

そう、慎平はようやく真弓と結婚した。といっても結婚式も披露宴もやらなかった。

そんな儀式などやっている気持ちの余裕もお金もまるでなかったからだ。

なにしろ、マンションの家賃すら払うのがもったいなくなっていたものだから、家賃が一万円ほど安い真弓のマンションに転がり込んだついでに、友だちに証人印を押してもらった婚姻届を区役所に持ち込んで、ひょいと籍を入れてしまった。

「まあ簡単にすんで、よかったわよ」

いまや須河内姓となった真弓も、さばさばしたものだった。

結婚によけいな思い入れをしているひまに、とりあえず所帯をもってしまって心機一転、つぎのステップに向けて二人で頑張ったほうが、よほど前向きじゃないか。

ここ数か月間、ゴタゴタに揉まれたせいもあって、おたがい、そんな割り切った考え方ができるようになっていた。

ただ、当面は慎平の雇用保険と真弓の給料があるから生活に支障はないが、そうそういつまでも雇用保険がもらえるわけでもない。また真弓の年齢からして、そう遠くない時期に、子供はどうするか、産むとすれば仕事はどうするか、といった問題に直面することも間違いない。そう考えると、

「緊急避難で手近な会社に再就職しちまうか」

と心揺れたこともあった。

が、冗談めかして言ったにもかかわらず、

「それじゃ、なんのために前の会社、辞めたのよ」

と真弓に追及され、その路線はあっさり撤回した。

母親の予想どおり、父親は図書館にいた。ポロシャツ姿で閲覧席に座り、俳句の本をひろげてぼんやりしていた。慎平が声をかけると、驚いたようすで黒縁眼鏡を外した。が、すぐに照れくさそうな顔になって、静かに微笑んだ。

二人で図書館のロビーにでた。

吹き抜けのサンルームになっているロビーには初夏の陽射しがあふれていた。その一角に置かれているソファに並んで腰を下ろし、慎平は遅ればせながら結婚の報告をした。

「式ぐらい、いつかやってやれよ」

どこかできいたような台詞を口にすると、賢三はまた笑ってみせた。

ずいぶんと皺が深くなった気がした。自慢の白髪は七三に分けられることなく、ボサボサに乱れている。

「あれからフェイクの人たちは？」

慎平はきいた。

「さあどうしているかなあ」

父親はボサボサ頭を掻いた。

「マスターは？」

「さあ、海外移住するって話はきいたんだが」

父親は曖昧な返事を繰り返した。もうその話はしたくない、ということなのだろう。

あの記者会見が、結果的に、高齢者のフェイク会社熱を萎えさせてしまった。あの場で、もしまたマスコミの攻撃に曝《さら》されたのであれば、さらに燃え上がった可能性もあったと思うのだが、人間、無視されるほどこたえることはない。自分たちは、ほんとうに、こんなことをしていていいのだろうか。だれも口には出さなかったけれど、脱力感をともなう白けた思いが、いつのまにか、みんなの胸中にひろがり、残り火が立ち消えるようにごっこ遊びはお開きになっていた。

二谷社長と桐峰は、いまだ姿を消したままでいる。

二谷社長に関しては高飛び説がもっぱらだが、もし彼が詐取した金を独り占めしたのだとしたら、五十五億もの大金をどうやって国外に持ちだしたのか、という疑問が残らないでもない。それでも、あの逃げ足の早いしたたかな男が、いまも日本国内で逃げ隠れしているとは思えない。いつだったか彼が、これからはインドだ、インドで一旗揚げたやつが世界を制覇するんだ、と言っていた記憶がある。

いまインドではIT産業と映画産業が恐しい勢いで盛り上がっているという話だから、大方、そのへんの世界に投資家として乗り込んでいまも大口を叩いているのではないか。

一方の桐峰については、あまりよい想像ができない。

日本海の荒波の下でコンクリート詰めにされているとか、富士山の裾野《すその》にひろがる樹海で白骨化しているとか、山奥の崖《がけ》っぷちで産廃処理のついでに焼却されてしまっているとか、縁起でもない絵柄ばかりが浮かんでくる。

妻子と別れて以来、ひとりで生きてきた元エリートサラリーマン。行方不明のまま忘れ去られていく運命なのかと思うと、不憫な気持ちになる。父親はいまだに、なんとかしてやれなかったものかと、悔やんでいるようだが、それはもうどうしようもないものと諦めるしかない。

あれほど大騒ぎしたメディアも、あの記者会見を境にすっかり興味を失ってしまったようだ。警察にしても、動いていることは動いているらしいが、なんとしても解決してやる、といった執念は感じられない。一時期、賢三に対して事情聴取が行われるのでは、という噂も飛び交ったが、噂は噂で終わってしまった。

「結局、詐欺事件なんてものは、騙されるほうも騙されるほうだっていうのが本音なんだろうね」

慎平は言った。

「もういいよ。おれにとっては終わったことだ」

父親が小さく嘆息した。

「そういえば、さっき母さんに言われたことがあるんだ」

慎平が話題を変えた。

「大根でも買ってこいってか?」

「いやそうじゃなくて、じつはおれもびっくりしたんだけど、もういちどやろうって言うんだ」

「もういちど?」

「四輪駆動事業」

高齢者の二輪と若い世代の二輪を合体させて動かす四輪駆動事業。フェイクFC事件さえ起きなければ実現したかもしれないあの事業に、いまいちど取り組んでみたい。そう母親が言いだしたのだった。

「しかしその話は」

「そう、いまさら蒸し返すなよって、おれも言った。けど母さん、本気みたいなんだ。真弓とも密かに連絡を取り合ってたらしくて、おれや父さんには内緒で二人して準備を進めているらしい」

「あの母さんがか?」

父親が驚いている。

「おれも信じられなかったよ。けど、ほんとに母さん、真剣に取り組んでるみたいでさ」

フェイク会社の消滅や独立事業の頓挫《とんざ》で男たちが打ちひしがれているあいだに、女たちは着々と動きはじめていた。つまりはそういうことなのだった。もともと母親と真弓には女性の立場から、新事業のコンセプトを詰める作業を手伝ってもらっていた。そうした作業を進めるうちに、新事業に対する思い入れが、さらに強まっていったのだろう。

考えてみれば、たしかにあの時点においては四輪駆動事業は立ち行かなくなった。しかし、それはあくまでもフェイクFC詐欺事件のとばっちりで潰されただけの話で、四輪駆動事業の発想そのものが否定されたわけではない。

ゆとりのある高齢者とパワーのある若い世代がスクラムを組んで、主老従若の次代型ネットワークビジネスを推進する。そのアイディア自体は、いまでも十分通用する。

「なのに、たまたま不運なトラブルに巻き込まれたぐらいのことで諦めちゃうわけ？もったいないと思わない？」

母親はそのとき、そう言った。

「男のひとって、いったん落ち込むと、なかなか立ち直れないところがあるでしょう。だから、男が立ち直るまでは、あたしたち女だけで準備を進めておこうっていう話になったわけ」

「気持ちはわからないじゃないけど、もう出資予定者は逃亡しちゃってるわけだし、いまさらどうかなあ」

慎平が首をかしげると、

「そんなものをあてにするから、だめだったと思うの。最初っから資金もある、フェイク会社ネットワークもある、オフィスもあれば人材もいる。そんな恵まれた条件からスタートしようとしたこと自体が失敗だったと思うの。男のひとって体裁をつくるところから入っちゃうから資金だなんだと、いろんなものが必要になる。けど、なにもいきなり大きな組織にすることなんかないじゃない。会社は失ったけど家族まで失われたわけじゃないんだから、まずは還暦すぎの夫婦と結婚したての夫婦、その四輪駆動ではじめればいいのよ。オフィスだって姫ヶ丘団地404号の元子供部屋で十分。どうせゼロからのスタートなんだから」

思いがけない母親の情熱に、慎平は、四輪駆動事業の人材を探していたときに知り合った元銀行マン、カツヒコのことを思い出した。

カツヒコとは、その後も何度か会って事業の具体像について語り合ったものだが、事件が起きたときに電話がかかってきて、

「こんなことで潰れちまうなんて、もったいなすぎるよ」

と悔しがっていた。そして最後には、もしまたなにかやるときは、かならずおれを呼んでくれよ、とまで言ってくれた。

母親といいカツヒコといい、そこまで情熱を傾けてくれている人間がいるというのに、

おれは簡単に諦めすぎたんじゃないか。慎平は思った。たしかに言われてみれば、あの事業のアイディア自体はまだ潰れていない。その気になれば、いまからだって実現できなくはない。

「そう考えたら急に元気が出てきちゃってさ。その気になれば、きっと実現できると思えてきたんだ」

図書館のロビーに響きわたる声で、慎平は夢中でしゃべり続けていた。すると黙って話をきいていた父親が腕を組んだ。

「まあたしかに、アイディアはよかった」

「だろ?」

「しかしなあ」

天を仰ぐ。

「しかしって、それじゃ親父はあしたも、この図書館にのこのこやってくるわけだ。で、また、たいして興味もない俳句の本とかひろげて、ぼんやりしてるわけだ」

「いやそれはだから」

「やらなきゃ、なんにもはじまらない。これ、覚えてるだろ?」

「なんだ、学習塾のキャッチフレーズか」

「中学のとき、親父に説教されたフレーズ」

はっはっはと父親が笑った。

「やってみる?」

あらためて慎平は迫った。

父親は腕を組んだまま、陽が射し込むサンルームの外を見やった。遠い目をして考え込んでいる。

子供が笑う声がきこえた。借りてもらった絵本を手に小躍りして、はしゃいでいる。その無邪気な姿にふと慎平が見とれていると、

「やってみるか」

ぽつりと父親が呟いた。

すかさず慎平は言った。

「ただ、ひとつだけ告白しておきたいんだ」

「なんだ、もう離婚でもするのか?」

真顔で冗談を言う。

「ずっと黙ってたんだけど、あの四輪駆動のアイディア、もともと母さんのアイディアだったんだ」

父親が目を見開いた。そしてまた、はっはっはと大声で笑うと、おもむろに慎平に向き直り、右手を差し出した。

慎平は一瞬、いつかのようにためらった。

が、すぐに思い直して表情を引き締めると、ゆっくりと右手を差し出し、やけにシミが目立つ父親の手を握り絞めようとしたそのとき、

「たしかに照れるな」

父親が、すっと右手を引っ込めた。

解　説

温水ゆかり

会社ってなんだろう？　腹話術Q＆Aをすれば――。

「資本金を作って会社を興し、株式を発行して第三者に株主になってもらう。そうやって増えた資金で、どんどん事業を拡大する。事業が拡大すれば従業員も増やさなければいけない。そこで雇用も拡大する」「うん、それはいいことだ、特に雇用が縮小している昨今は」

な〜んてことになる。というか、私が理解しているのはそこまで。なにせもう半分人生折り返したというのに、会社というものに関わったことが三年しかないハンパ者でして。

しかし、経済とか社会の仕組みにうとい私でも、最近おかしいと思うことがある。会社ってある閾値《いきち》を超えると、そもそもの理念や、働く人たちの気持ちとは無関係に、モンスター化してしまうんじゃないか、ということだ。勝手に膨張、いや、増長し始める。そんなに膨らまなくていいと言っても、「とめてくれるなおっかさん」（©橋本治）状態。

会社ってなんだろう？　というわけで、それを書いたのがこの『極楽カンパニー』である。

単行本として出たのは一九九八年。思い起こせばタイトルが、粗忽者《そこつもの》にはちとムツカしかった。出たとき本屋さんで見かけたが、当時、東京の底が抜けるんじゃないかと思うくらいあちこちで温泉が掘られ、温泉付きマンションが売り出されたり、都心に温泉施設ができたりしていたので（コジャレてスパなんぞと呼んでおりました）、そういう会社とか施設が舞台の小説だと勝手に思い込んでしまった。

温泉につかったら、思わず声がもれるでしょう、「ごくらくごくらく」って。〈恋愛小説を読むより恋愛しよう〉〈温泉小説を読むより温泉につかろう〉。何ごとも花よりダンゴの私は、通り過ぎてしまった。原宏一さん、ごめんなさい。あのとき手にとって最初の数ページだけでも読んでいたら、絶対買っていました。

物語は、ともに定年退職者であるオール白髪の須河内賢三《すごうちけんぞう》と（以下、勝手にスゴケン）、オール無毛の桐峰敏夫《きりみねとしお》（同、ハゲキリ）が、昔ニュータウン今オールドタウンと化した地元の図書館で会ったことに始まる。

読むでもなくぼんやり経済雑誌の活字を追っていたスゴケンに、ちょっと太目のハゲキリが話しかける。

「暇なもんですなあ」「しかし、なんでこうなっちゃいましたかねえ」「結局、会社がないからでしょうなあ」「まあたしかに、われわれは日本株式会社の申し子みたいなものですからねえ」

入館者も少ない平日の昼下がり、タダで最新の雑誌が読める図書館の閲覧コーナーは、おっさん同士のリアル系出会いの場なのである。

しかし当初、まったりと始まった二人の会話は、「会社勤めの様式美」というキーワードを得たとたん、いきなりスイッチが入る。えらくいきのいい掛け合い漫才を繰り広げ始める。定刻の起床、満員電車の中で読む縦折りのスポーツ新聞、会社に着くとまずお茶を一杯飲んで日経新聞を広げ、そうこうするうちに内線で上役に呼ばれると、互いに相手のツボをピンポイントで押し、先を促す合いの手としながら、話は深夜駅前からのバスを逃してトボトボ家路につくまでを描写する。おみごと、なんというそっくりさんぶり。

私は常々、原さんのことを〝ツカミ王〟、会話のうまさで〝しゃべくり王〟と呼んでいるが、本書の導入部はその手練《てだ》れぶりが全開。これはもう、読んでいただくしかない。漫才は呼吸だから。

さて、息もぴったりのこの漫才の勢いで、二人は大人のオモチャならぬ、定年のオモチャに乗り出すことになる。ここでも発案したのはハゲキリ。行くところがないなら、行けるところを作ればいい。会社を作ろうというのである。ただし、法人として名乗りをあげるわけではない。この遊び、資本金いらず。〝ごっこ〟というのがミソである。目的は一日にくっきりとした輪郭を与えてくれていたあの様式美の追求。リアルなほうがアドレナリンも出るから業種は商社にして、世界情勢や為替相場に左右される輸入食品を扱うことにした。利潤の追求が目的ではないから、会社の理念は「絵空事」「馬鹿正直」「度外視」と、現役時代には持ち得なかったものにした。

こうしてスタートした会社の代表取締役社長には、長幼の序で少し年上のハゲキリが就任するが、やがて暇をもてあました他の定年退職者たちも押し寄せて、ものすごい騒ぎに。そこでスゴケンが社長に昇格、ハゲキリが受け皿になる別会社を作って独立——というのが、この『極楽カンパニー』の「起」と「承」に当たるドタバタ部分である。

会社を作るなら、いろんな所から領収書を集められるから「株式会社上様」にするといい、というのは言い古されたギャグだが、彼らの会社の名称が「株式会社ごっこ」や「株式会社得意先」とは。ベタはベタなりにセンスがいるもの。ネーミングや発想など、コピーライターであった著者の才がいかんなく発揮されたディテールの数々に笑う。〝ツカミ王〟〝しゃべくり王〟に次いでもう一冠捧げれば、原さんは〝日常の奇想王〟でもある。

背広を着ての通勤、会議のあとのコーヒー、アポ取りや出張旅費の精算。残業で出前を取れば、いっとき静寂になった空間に、伸びた麺類をすする音が響く。これらの「様式美」で、いかに男たちが生気あふれる顔つきになっていくか。会社ってすごい回春剤だと目をみはるが、他人なら喜ばしくても、もし私が身内なら、ちょっと怒りがわいてくるかもしれない。

　スゴケンの一人息子で、中堅商社に就職して七年の慎平がそうだった。最初は「いい気なもんだよな、定年退職者は」と、呆れて親父さんを見ていた。しかし、ハウスクリーニング業界の風雲児から、〃好きな会社を作れ、金は出す〃とおいしい独立話を差し出されたとき、「あ!」と頭に点灯するものがある。親父のやっていることは、ビジネスになる。この辺りから物語はいっきに生臭味を帯びていく。慎平のビジネスセンス、合理精神、悪気のなさなどが、かえって問題をこじらせることになるからややこしい。〃ごっこ〃の理念を忘れて机の下でワルさをする人間も出てくる。げにあるタイプの会社人間とは、形状記憶合金。ほっといても元に戻る。

　本書が多層の味をもっている点を、ぜひお読みいただきたい。定年退職者が理想の会社パラダイス(極楽)を作る話の下に、家族小説としての層や、世代間ギャップ小説としての層、企業戦士を支えてきた妻の鬱屈《うっくつ》や苛立ちを慎平の婚約者がみごとに代弁してみせる女の連帯小説としての層など、いくつもの層が重なっている。ちなみに、原宏一作品では、主人公の周囲にキーパースンになるような役割をになう女性が出てきて、あるときは一方をなだめ、あるときは一方の無明を啓《ひら》きと、トリックスター的な位置どりで活躍することが多い。意気のいい運転で、須河内一家の面々を三途の川送りにしかねない婚約者・春川真弓もそう。原宏一印のいい女である。

世代間ギャップについて書けば、そのあからさまな書きっぷりに笑いながらも、日本はなんと短期間で劇的にその精神風景をかえてしまったのだろうと、あらためて震撼させられた箇所がある。

まず、会社丸抱えだった世代の姿が、こんな双六図として描かれる。「日本国中が猿そのものだった終戦直後に思春期を過ごし、木下藤吉郎の昭和二十年代を駆け上り、羽柴秀吉の昭和四十年代五十年代に大出世を遂げ、太閤秀吉のバブルに酔いしれ、平成不況もまだまだ深刻化していないうちに定年退職したあとは、たっぷり退職金が転がり込むわ、予定額どおりの企業年金も給付されるわで、金屏風を背にした隠居生活に辿り着いた」。

では、慎平の世代はどうか。

「バブルが弾けると同時に社会に出て、あとは右肩下がりの下降線。年功序列はくずれて、給料は締めつけられて、四十過ぎたらリストラにさらされて、定年を迎えるころにはまず間違いなく年金も破綻。企業も政治も行政も、なんにもあてにならないお先真っ暗の時代に放り出されれ」る、と慎平はぼやく。

そんな未来予想図に備えて慎平は、三十代の早めの時期に独立してノウハウを積み、いずれは自分の企画でフランチャイズ・チェーンを立ち上げたいと考えている。しかし、なんのフランチャイズ・チェーン店をやりたいかというと、それは未定なのである。小説の中に乱入して聞けば、慎平は〝時代を見てから〟とか〝時代が教えてくれる〟とでも言いそうだが、つい茶々を入れたくなる。おいおい、なにをやりたいかが先だろう、やりたいことがあって、それがフランチャイズになるかどうかではないのかい、と。

こんな風にこの小説は、どの世代にも完全に肩入れしないように出来ている。お話としての決着はつくが、読みながらあれこれ考えた事柄はオープンエンドで残っていく。

繰り返せば、会社ってなんだろう?

私は、人は独立しながらも、ゆるやかに寄り添って生きていくのがいいと思う。最小単位なら家族がそうだし、地域、学校、大人になってからの同好会というのもありかもしれない。そして、その一つに会社がある、と思いたい。理想を言えば、だから会社はあまり大きくないほうがいい。法外に搾取せず、搾取されず。

法が会社を人と見なしているから法人。人格のないモノ(ビルとか土地とか)から税金を徴収することはできないからだろうが、疑似でも人格があるのなら、人品とか品格なんていうのもあったほうがいい。セットでしょう。

もちろんすぐさま反論が返ってくるのは分かっている。企業が落とす税収入がないと、この国は立ち行かない、と。しかし、日本はもうそろそろ少子化を見据え、大国でいることをギブアップしたほうがいい。小さな政府も、大きな政府もいらない。権限を地方に移譲し、オバマさんが言うような「効率的に機能する政府」を手に入れよう。結局小さな政府を目指して肥え太ったのは、血縁関係はない創業者一族、霞ヶ関一家だった……って、私はここでなにをそんなに熱くなっているんだろう!? でも、原さんの小説を読んだ後は、必ずこうなってしまう。腹の底から沸々《ふつふつ》と湧いてくるものがあるのだ。

原さんには『トイレのポッポッポ』という会社小説がある（二〇〇九年刊）。短く言えば、会社を食い物にしている輩《やから》に対して、心ある者たちが反旗を翻《ひるがえ》す話である。最初彼らの間にあった世代間ギャップは、志をいつにする中で溶けていく。

本書の〝ごっこ〟はもう、〝ごっこ〟と言わなくていいかもしれない。ポッポッポの面々は、自分たちでパラダイスになる居場所を手に入れた。ちっこいが、ヒューマンスケールで、働きがいがある。〝ごっこ〟は信念でリアルになるのだ。もっと言えば、会社という名のもとにリアルに行われていることは、人間としてのフェイクというケースだってあり得る。その意味で、フェイク会社とリアル会社の両方を描いたこの小説は、アンサーソング〝ポッポッポ〟にまでブリッジを架ける始動作なのでもあった。

この作品は一九九八年十月、幻冬舎より刊行されました。
文庫化にあたって、大幅に加筆・再編集いたしました。

原宏一の本

〈集英社文庫〉

ムボガ

しがない中年アマチュアバンドが、なんとアフリカで大ブレーク！　在日外国人向けに、日本でデビューする作戦は成功するのか!?　元気が出るユーモア小説。

かつどん協議会

かつどんの地位向上と復権のために、その材料の生産団体の男たちが集まった。絶対かつどんが食べたくなる表題作ほか、ユーモアに満ちた第一作品集。

シャイン！

無責任部長、おべっか社員、気だるいハケン……中堅食品会社を舞台に繰り広げられる悲喜こもごも。そんなカイシャに、ある偽装疑惑が持ち上がり……。独自のユーモアを織り込んだ傑作連作長編。

集英社文庫

極楽《ごくらく》カンパニー

2009年7月25日　第1刷
2022年9月14日　第9刷

定価はカバーに表示してあります。

著　者　原《はら》　宏一《こういち》

発行者　徳永　真

発行所　株式会社 集英社
東京都千代田区一ツ橋2-5-10　〒101-8050
電話　【編集部】03-3230-6095
【読者係】03-3230-6080
【販売部】03-3230-6393（書店専用）

印　刷　中央精版印刷株式会社　株式会社美松堂

製　本　中央精版印刷株式会社

フォーマットデザイン　アリヤマデザインストア　　マークデザイン　居山浩二

ISBN978-4-08-746460-3 C0193